당신은
꼰대인가?
멘토인가!

당신은 꼰대인가? 멘토인가!

초판 1쇄 발행 2023년 9월 1일

지 은 이 박 영 목
발 행 인 권 선 복
편   집 권 보 송
전 자 책 서 보 미
발 행 처 도서출판 행복에너지
출판등록 제315-2011-000035호
주   소 (157-010) 서울특별시 강서구 화곡로 232
전   화 0505-613-6133
팩   스 0303-0799-1560
홈페이지 www.happybook.or.kr
이 메 일 ksbdata@daum.net

값 22,000원
ISBN 979-11-92486-84-0 03810

Copyright ⓒ 박 영 목, 2023

도서출판 행복에너지는 독자 여러분의 아이디어와 원고 투고를 기다립니다. 책으로 만들기를 원하는 콘텐츠가 있으신 분은 이메일이나 홈페이지를 통해 간단한 기획서와 기획의도, 연락처 등을 보내주십시오. 행복에너지의 문은 언제나 활짝 열려 있습니다.

당신은
꼰대인가?
멘토인가!

'맥가이버' 변호사 박 영 목의 생활 에세이

박영목 지음

도서
출판 행복에너지

저자 소개 (변호사/박영목)

□ 충북 옥천에서 출생하여 초등학교·중학교를 다녔고
대전으로 진출하여 보문고교를 졸업하였으며
서울대학교 3학년 (21세) 때 행정고등고시에 합격하였다.

□ 서울특별시 행정사무관으로 공직을 출발하여 해양수산부
사무관으로 부산청과 서울 본청에서 일하였다.

□ 육군 장교로 군 복무 중 (25세)에 사법고시에 합격하였으며
사법연수원 2년 수료 후에 고시 양과 합격의 경력을 살려
경찰에 투신하였다.

□ 수원 중부경찰서 수사과장을 시작으로 서울 서대문·방
배·관악·영등포경찰서에서 간부로 일하였고
대통령실 법무비서관·국가정보원장 특별보좌관으로 근
무하였으며 총경으로 승진한 후에는 경찰행정 쇄신 기획
단장·강남 운전면허시험장 장·강원경찰청 수사과장 등

을 역임하였다.

□ 공직에 있으면서「총정리 형법」「알기 쉬운 형사소송법」
「핵심 행정법」 등을 출간하여 여러 일간지에 보도되었고
전국적인 베스트셀러가 되었다.

□ 변호사를 하면서「대한변호사협회 인권위원」을 하였으며
수필집「물살을 가르며」「검은콩 한 됫박」「휴(休) 4·5」를
출간하였다.

□ 40대 시절에는 서울에서 여당 공천을 받아 공직선거에 2
번이나 출마하였으나 지금은「법률사무소 아크로」의 대
표 변호사로 본업에 충실하고 있다.

□ 취미로는 산을 빨리 오르고 수영을 잘하고(인명구조 자격 보
유), 스키·스노우 보드, 수상 스키·웨이크 보드를 타며, 하
늘을 날으는 패러 글라이딩, 물 위를 달리는 윈드써핑을

탈 줄 알며, SCUBA-DIVING은 미국 강사(NAUI INSTRNUCTOR #31783) 자격까지 취득하였다.

□ 국궁(활쏘기)을 열심히 하여 '접장'으로 등극하였으며, 틈틈히 골프에도 몰입하여
클럽 챔피언(크리스탈 밸리)을 하였고 베스트 스코어 5 UNDER PAR(67타)를 기록하고 최근에도 EVEN PAR(72타)를 여러 번 하였으며, 「원리를 알고 치는 골프 동의보감」을 출간하였다.

□ 인기 가수 '듀스' 「김성재 사망사건」의 변호인을 맡아서 당시는 물론 최근에도 몇 차례 MBC 등에 출연하였고 「최순실 사건」 The Blue K 대표의 변호인으로 KBS, MBC, JTBC, MBN 등에 출연한 적이 있다.

□ 저자의 별명은 '박가이버'이다. 손재주가 남달라서 '목공'

에 조예가 깊고 '기계'를 잘 다루며 보드·수상스키·윈드써
핑을 탈 줄 아는 만능 스포츠맨이어서 붙은 이름이다.

□ 저자 연락처 : 아크로법률사무소(02-595-1001, 010-5253-5678,
  ympark8034@naver.com)

나무들과 하늘과 구름

'열정'과 '희망'의 아이콘

이두형

※ 행정고시 동기생으로 성적이 우수하여 재무 관료로 임관한 후 고위직에 올랐으며 퇴직 후에는 '한국증권금융사장', '한국여신금융업협회장'을 지냈다

오랜 세월 동안 저자와 함께 지내며 지켜보면서 받은 인상은 어려운 환경에서도 불 같은 열정과 끊임없는 노력으로 목표를 달성해내고야 마는 '열정과 희망의 아이콘' 같은 모습이었다.

지금부터 약 15년 전 저자의 첫 번째 수필집(물살을 가르며)이 나왔을 때 단숨에 읽고 서재의 책꽂이에 넣어 두었는데 당시 중학교 어린 학생이었던 아들이 우연히 읽고 나서 "나도 커서 이 아저씨처럼 되겠다"고 말해서 깜짝 놀란 기억이 있다.

당시 학교 성적 등으로 방황하던 아이 입에서 그런 말이 나왔다는 사실은 저자가 살아온 삶이 어린 세대에 얼마나 큰 감동과 희망을 주었는지를 미루어 짐작할 수 있게 한다.

저자의 삶의 방식이 유달리 돋보이는 것은 단순히 사회적으로나 경제적으로 높은 위치에 오르고 스포츠 분야에서조차 최고의 경지에 이른 것만이 아니라 치열한 경쟁과 노력하는 과정에서 자칫 잃어버리기 쉬운 동료와 가족과 자연을 사랑하는 순수한 인간성을 간직하고 있다는 점이다.

이제 저자는 지금까지 끊임없이 앞을 보고 달려왔던 삶을 되돌아보며 인생의 3부작을 펼치려 하고 있다.

어렸을 때 고생하였던 추억과 사랑하는 부모님에 대한 애틋한 그리움을 비밀스런 안뜨락처럼 살포시 내비치면서 삶의 근원임을 고백하고 있고, 자연 속에 살면서 꽃과 나무와 바람과 별을 보며 자유와 외로움과 사랑을 행복으로 승화시키고 있다.

저자는 어느덧 자신도 모르는 사이 윤동주, 서정주, 김춘수, 헤르만 헤세, 괴테를 닮아가고 있다. 언젠가 문득 다가올 죽음에 대한 준비 역시 저자의 살아 온 방식과 크게 다르지 않다.

저자는 꽃과 나무를 가꾸며 삶과 죽음을 생각한다. 꽃과 나무도 누군가에 의해 심어졌지만 죽을 때는 그 누구에게도 불편을 주지 않고 거름이 되어 자연으로 돌아간다.

보통 죽음에 대비한다고 하지만 어느 순간에 들이닥칠지 모르는 그 불확실성과 불안함으로 우리는 '죽는다'는 사실을 애써 잊어버리며 일상을 살고 있다.

그런데, 저자는 '인생의 마지막까지 일을 놓지 않으면서 가족과 주변을 사랑하고 배려하며 자연 속에서 외로움을 즐기는 자유로운 영혼으로 사는 것이야말로 죽음에 대한 최고의 준비'라고 말한다.

이 책을 읽게 되면, 자신을 희생하고 가족과 조직을 위해 앞만 보고 달려온 우리 세대의 '영혼의 호수'에 잔잔한 물결이 출렁일 것 같다.

저자는 또, '오랫동안 잊고 있던 사랑과 배려, 자유로움 그리고 죽음까지 낡고 어두운 창고에서 끄집어내라'고 한다.

이제 장년으로 성장한 아들이 이 책을 읽으면 어떤 반응이 나올지 꽤나 궁금해진다.

독자 여러분께도 '열정과 희망의 아이콘' 같은 이 책을 강

추천사

추하는 바이다.

집 근처에 있어서 영혼을 적셔주는 청평 호수

산골소년에서 변호사로

이인석

※ 고향 선배로 '옥천 신문사'
초대 사장, '옥천군 의회 의원',
'옥천 문화원장' 등을 역임하고 현재도 텃밭을 가꾸면서
고향을 꿋꿋하게 지키고 있는 옥천의 '터줏대감'이다

얼마전에 고향인 옥천 안내면의 면장님과 직원 그리고 지역의 지인들에게 점심이나 대접하려고 옥천에서 안내로 들어가는 길에 갑자기 박영목 변호사 생각이 났습니다. 그래서 전화를 했지요.

얼마 전 안부 전화를 통하여 책을 쓰고 있다는 것을 알고 있었던 저는 통화가 된 김에 책을 발간했는지를 물었습니다. 그랬더니 '마침 오늘 초고가 나왔는데 보내드릴 테니 한번 읽어 보시고 검토 좀 해주시고 추천사를 써달라'는 거예요.

본래 글 쓰는 재주가 없었던 저는 완곡하게 거절하였습니다. 그러나 저자는 '형님 글을 꼭 싣고 싶다'며 수차례 전화를 해왔고 '고향 형으로서 소박하게 써주면 된다'고 하였습니다.

저는 저자와는 시골의 외딴 동네에서 함께 태어나 어린 시절을 같이 지낸 2년 선배입니다. 원고를 읽어보니 저자는 '아주 가난한 어린 시절을 보냈다'고 썼더라고요. 당시의 시골 살림살이야 누구나 어려웠죠. 40여 호에 달하는 자연 마을에 함께 살았던 저자 가족의 살림 형편은 아무것도 없었던 저희 집보다는 조금 나았다고 기억은 합니다. 장수하신 할머니는 호탕하셨고 아버님은 '마을 이장' 일도 보시고 어머님께서는 인물도 좋으시고 재담가였던 것으로 기억됩니다. 어쨌든 그런 어린 시절의 어려움을 자양분으로 삼아 세상에 이름을 떨칠 수 있게 됐으니 참 대단한 일이 아닐 수 없습니다.

초등학교가 있는 면 소재지에서 시오 리(6km) 떨어진 산간 벽지마을이지만, 저자의 형제자매들은 부모님의 헌신과 노력으로 모두가 고등교육을 받았습니다. 저자가 고등학교 때 열심히 공부한다는 소문은 있었으나 어느 날 서울대학교에 합격한 거예요. 제가 군 제대 후 친구의 서울 결혼식장에 갔다가 서울대 재학 중인 저자를 만나서 오랜만에 이런저런 대화를 나누었습니다. 그 시대에 옥천이라는 시골 농촌지역에서 서울대에 들어갔다는 것은 장래가 보장되는 대단한 화제이었습니다. 그런데 당시 대학 신입생이던 저자는 '요즘 탁구를 배우고 있다'면서 목표의식이 없는 것 같았어요.

저는 말했습니다. '서울대에 입학한 것은 박씨 집안의 영광을 넘어서 옥천의 영광이다. 열심히 공부해서 큰 재목이 되어야 한다'고 말입니다. 그 뒤 저자는 얼마나 머리를 싸매고 열심히 공부했던지 대학 3학년 때 '행정고등고시'에 합격했습니다. 합격한 뒤에 고향을 방문하여 당시 총무처(지금의 '행정안전부')장관의 빨간 직인이 찍혀있는 '행정고시 합격 증명서'를 저한테 선물로 주었습니다. 지금도 그 오래된 합격 증명서를 제 앨범에 소중하게 보관하고 있습니다.

그때 저자가 제게 해주었던 말이 기억납니다. 졸리고 힘들 때는 제가 해준 말 중에서 "단 1명을 뽑더라도 나는 합격한다. 왜냐하면 전국의 수험생 중에서 가장 열심히 공부했으니까!"를 책상 위에 붙여놓고 정신을 가다듬으면서 공부를 했다고요.

그 뒤 '사법고시' 시험일을 얼마 남겨두지 않고 어머니께서 영면에 드셨는데, 그 후에 고향을 찾아와서 어머님 영전에 사법고시 합격증을 드리는 최고의 효도를 했지요.

그때가 전라도 광주에서 위관장교로 군 복무를 하던 중이었는데 신문에 날 정도로 큰 사고를 친 것이었죠. 아마도 우리나라 사법고시 역사상 현역군인이 최종 합격한 유일한 사례일 것 같습니다. 당시 '전우신문'에서 대서특필한 것을 기억합니다. 여러 군 장성들로부터 축전을 많이 받았던 것도 저한테 보여준 기억이 납니다. 사법연수원을 졸업한 뒤에 '경찰'에 투신했는데, 주변 사람 모두는 미래의 '경찰 총수'(저자가 도중에 나온 이후 함께 투신한 동기생이 경찰청장을 하였다)가 될 것이라고 입을 모았습니다.

저자는 경찰 현직에서 바쁜 업무 중에도 몇 권의 책을 집필했는데, 『알기 쉬운 형사소송법』, 『핵심 행정법』, 『총정리 형법』 중 어느 책인지는 잘 모르겠는데 제가 여러 권의 책을 저자로부터 선물을 받았습니다. 이 책을 옥천경찰서에 근무하는 직원들에게 선물로 돌렸습니다. 그 뒤 이 책은 경찰 진급시험용 '족집게 필독서'로 꼽히게 됐습니다. 저자를 대신해서 제가 '고맙다'는 인사를 수도 없이 받는 영광스러웠던 때가 있었습니다. 시험을 준비하는 경찰관들한테는 정말로 인기가 대단했습니다. 그때 제 어깨에 힘이 좀 들어갔던 기억이 납니다.

충청북도 옥천에는 역사적인 인물이 많습니다.
조선 초기 '하늘에는 태양이 하나이듯이 나라에는 임금이 둘일 수 없다'며 '단종 복위운동'을 꾀한 사육신(지금은 사칠신) 중의 한 분인 백촌 김문기 선생, 조선 중기에 조선왕조실록

에 이름이 3,000번 이상 거론되었던 대 유학자이며 동국 18
현 중의 한 분인 우암 송시열 선생, 옥천에서 후학을 양성하
다 임진왜란을 당해 나라가 위기에 빠지자 의병을 일으켜 왜
군과 '금산전투'(지금도 '700의총' 무덤이 있음)에서 싸우다가 중과부
적으로 700 의병과 함께 장렬하게 옥쇄하신 중봉 조헌 선생,
방정환 선생과 함께 어린이 운동에 앞장서시고 '짝짜꿍'(엄마
앞에서 짝짜꿍…)과 '졸업식 노래'(빛나는 졸업장을 타신 언니께…)를 작
곡한 이 나라 최고의 동요 작곡가인 정순철 선생, 국민의 노
래가 된 '향수'라는 시로 유명하고 현대 시인의 '할아버지'이
며 '시성'이라 일컬어지는 정지용 선생, 욕먹지 않는 '영부인'
육영수 여사 등 옥천에서 나고 자란 큰 인물들이 많이 있습
니다.

저자는 이런 인물들과 같은 반열까지는 아니라 하더라도
'옥천이 낳은 큰 인물'이라고 저는 자랑하고 다닙니다. 그 자
랑처럼 그동안 저자는 여러 분야에서 더 많은 지혜로운 봉사
로 나라와 사회에 크게 기여하는 충청의 대표적인 인물로 우
뚝 서 있습니다.

저자는 공직에 있을 때 항상 약자의 편에 서서 '경찰서 형
사 보호실'을 폐지하는 데 앞장서는 등 인권 보호에 최선을
다하였으며, 변호사로 일하면서는 억울하게 피해를 당한 여

러 사람(그중 하나는 같은 마을에 사는 후배의 아들임)에 대하여 '국가 유공자'로 인정하는 판결을 받아 내는 등 엄청난 일을 해냈습니다.

　모쪼록 이 책을 통해서 '알아 갈수록 쓸모 있고 다재 다능한' 저자의 삶과 철학을 들여다 보는 기회를 가져 보시길 고대합니다.

시인 정지용 문학관

작곡가 정순철 생가

육영수 여사 생가

꼰대를 벗어나 '멘토'로서 '리더'가 되는 길

박병윤

※충북 옥천의 고향 친구로 포스코
그룹에서 간부로 있다가, 벤처기업을
창업하여 현재는 국내에 3개 회사,
해외(대만)에 현지법인 등 4개 회사
(종업원 800여 명)를
거느리고 있는 중견 기업인이다.

옥천 시골에서 자갈투성이인 '신작로'의 자전거 통학이 즐거움보다는 애환이었다고 생각하는 내게, 자전거를 처음 접한 심정을 '신바람 났다'고 표현하는 저자의 글에서 지금의 친구가 걸어온 여정을 함축해서 느끼게 된다.

이 책은 젊은이들에겐 '보다 나은 삶'에 도움이 되는 글로 꽉 차있고, 나름의 인생을 경험한 세대에겐 '향수'를 불러 일으키는 글들이 모여있다.

이 책을 읽다 보면
'나는 인생을 어떻게 살아왔는가?' 하고 돌아보게 되고 '나는 어떤 향기를 담고 있는 사람인가?' 하고 되묻게 한다. 우리 세대의 대부분이 '브레이크 없는 자동차'처럼 달려왔음을 지적하고 "이제는 쉬어갈 줄도 알면서 '행복의 소중함'을 알아야 한다."고 일깨워 주고 있다.

저자와 친한 친구 사이였으나, 이 책을 통하여 그가 '공직'에 있으면서 어떠한 '고민'을 하였고 어떠한 보람된 일을 하였으며 '변호사'로 전직한 이후에는 산업현장에서, 경찰에서, 군부대 안에서 어려움을 당한 사람들을 기꺼이 선임하여 '국가 유공자'로 인정받도록 함으로써 정부로부터 매달 연금까지 받게 하는 등 좋은 일도 많이 한 것을 비로소 알게 되었다. 말로만 듣던 '변호사의 조력'이 커다란 힘을 발휘한 것이다.

삶과 죽음을 넘나들고, 걱정과 행복의 차이를 논하며, 꼰대와 멘토, 보스와 리더를 구분하는 등 종횡무진하는 저자의 글 속에 빠져들다 보면 이 책을 순식간에 다 읽게 된다.

젊은이들에겐 '삶의 최고의 가치가 무엇인지?'를 일깨워 주게 되며, 중년 이후 세대라면 '꼰대'를 벗어나 '멘토'로서 '리더'가 되는 길을 안내하고 있다.

언어의 유희가 전혀 없이 소박하게 쓰여진 저자의 글을 읽노라면 '책'이 아니라 '나 자신'을 읽어가는 것 같은 착각에 빠지기까지 한다.

이 책을 읽는 분께도 저자의 마음이 크게 와 닿기를 기대한다.

옥천 감성여행(누구나 기억하는 '졸업식' 노래의 가사이다)

추천사

가장 가까이에서 지켜본 딸로서 이 책을 추천하고 싶습니다

박성운

※ 저자의 외동딸로
'한방내과 전문의'(경희 의료원)로서
남양주시에서
'100세 행복 한의원'을 열고
대표원장으로 있다.

아빠의 삶은 "열정(Passion)" 그 자체입니다.

6.25 한국전쟁 직후에 척박하고 어려운 충청도 시골에서 태어나 가난을 겪으면서도 열정적으로 공부하셔서 '서울대학교'에 입학하셨고, 남들은 하나도 붙기 어렵다는 '고시'를 두 개나 합격하였습니다. 명석한 두뇌를 타고나신 데다가 철저한 '노력파'였던 아빠의 공부 스토리는 유명합니다. 한 손에 들어갈 만한 크기의 서브노트(sub-note)를 활용하여, 학창시절 시골 길을 걸을 때 가로등 불빛에 비추어 가며 공부하신 이야기, 군대 훈련병 시절 '철모 안'에 단어장을 넣고 다니며 공부하신 이야기 등은 훗날 제가 치열하게 공부할 때에 귀감이 되었습니다.

아빠가 21세에 행정고시 합격, 25세에 사법고시까지 합격하신 이후 청와대 법무비서관으로 계실 때 아빠의 두 번째 자녀로 제가 태어났습니다. 아빠가 초고속 승진으로 30대 젊은 나이에 경찰 총경 자리에 오르셨을 때 저는 유치원에 다닐 무렵이었습니다. 그리고 많은 이들의 놀람과 아쉬움을 뒤로한 채 경찰 조직을 떠나 서초동에 변호사 사무실을 열던 해에 저는 초등학교에 입학했습니다. 어린 나이라 아빠가 어떠한 고민을 하시고 어떤 선택을 하셨는지 이해할 수는 없었지만, 나중에 아빠 지인이 이렇게 이야기하시는 것을 들었습니다. "능력이 대단하신 분이다. 도무지 한 사람의 커리어(career)라고 볼 수 없다. 두세 명이 해내야 할 일을 혼자 다 해내셨다."고.

세 자녀의 교육에도 열정적이셨던 아빠는 아침에 '영자신문'을 같이 읽어 주시기도 했고, 바쁘신 와중에도 저희들을 데리고 시립도서관으로 함께 가서 '공부하는 방법'을 다정하게 알려주시곤 했습니다. 아빠가 사법고시 공부할 때 정리했던 노트를 제게 물려주시기도 하고, '노트 필기할 때에는 여백이 반드시 있어야 한다. 여백이 있어야 암기가 잘 된다.' 등의 비법도 전수해주셔서 제게 많은 도움이 되었습니다. 그리고 아빠 일하시는 모습도 종종 보여주시곤 했는데, 법원에서 재판하는 모습을 보여주시기도 하고, 변호사로서 감옥에 면

추천사

회하러 가실 때에도 저를 데리고 다니기도 했습니다.

　저희들이 대학생이 된 이후에 아빠는 스노우 보드·수상 스키 등 여러 스포츠를 직접 가르치셨는데, 신세대 아빠로서 제 친구들의 부러움을 샀습니다.

　젊은이들도 어려워할 만한 각종 스포츠를 섭렵하신 분입니다. 스키, 스노우 보드, 수상 스키, 윈드서핑, 골프 등을 모두 수준급으로 잘 하십니다. 그리고 방학 때마다 가족 여행을 추진하시고, 가족들끼리 많은 대화를 나누고 견문을 넓히는 데에 많은 시간과 상당한 돈을 투자하셨습니다. 돌아보니 그것들이 저희 가족에게 큰 자산으로 남아 있다는 생각이 듭니다.

　아빠는 지혜롭고 합리적이며 평소에 항상 유머가 풍부하고 다정다감한 성격입니다. 나라를 위하여 큰 일을 했어야 할 사람입니다.

　아빠는 제 삶에 가장 많은 영향을 끼친 분입니다. 제가 사람들에게 저를 자세히 소개하다 보면 항상 아빠 이야기가 나오더군요.

제가 한의원을 차릴 때에도 아빠가 몇 달에 걸쳐서 장소를 직접 알아보시고 '서울 근처 소도시가 향후 발전성이 좋고, 환자들이 방문하기 쉽도록 반드시 1층이어야 한다'는 기준을 세우고 지금의 장소를 찾아내고 계약하도록 한 다음 '100세 행복 한의원'으로 이름도 지어주셨고 소파 앞 테이블과 사물함, 신발장 등 여러 소품을 나무로 직접 짜서 비치하는 등 '목공'에도 손재주가 뛰어났습니다.

　아빠를 가장 가까이에서 지켜본 딸로서 이 책을 추천하고 싶습니다. 독자 여러분께서 이 책을 읽으시다 보면 이스라엘의 가장 지혜로운 솔로몬(Solomon) 왕이 쓴 "전도서(Ecclesiastes)"를 읽을 때처럼 '아~하'하시면서 고개를 끄덕이시게 될 겁니다.

　감사합니다.

마당의 유럽수국과 푸른 하늘

추천인이 유치원 때 사진이고 지금은 한의사로 일하고 있다

추천인이 운영하는 100세 행복 한의원

충청도 옥천 산골에서 보낸 유년시절을 떠올려 본다.

초등학교 6년간 십 리가 넘는 길(약 6km)을 걸어서 등하교를 하였는데 여름철 큰비가 오거나 겨울철 많은 눈이 내리던 날에는 어린 나이에 겁도 나고 힘들었지만 지금 돌이켜 보면 그 시절이 마냥 그립기만 하다.

조금 더 먼 곳(약 7km)에 있던 중학교를 다니던 시절에는 자전거를 타고 쌩쌩 다녔다. 고등학교는 대전으로 진출하고 대학은 서울로 진학하였다. 군대를 가고 공무원을 하고 변호사 일을 하였다. 수많은 사람들을 만나고 다양한 사건들을 접하고 해결하였다. 신문에도 여러 번, TV에도 여러 번 나왔다.

전 세계 여러 나라를 거의 다 살펴보았다. 복잡하고 위험한 스포츠도 거의 모두 섭렵하였다. 스노우보드, 수상스키, 웨이크보드를 탈 줄 알고 패러글라이딩을 하고 스쿠버 다이빙으로 강사(Instructor, 미국NAUI#31783)자격까지 취득하였다. 윈드써핑도 탈 줄 알며 요트 운행기술도 배웠다. 골프에도 매진하여 언더파(67타)를 치고 '클럽 챔피언'까지 하였다.

나이가 드니 이제는 누구하고도 그에 맞는 대화를 할 수 있을 것 같다.

일을 하면서, 자연을 접하면서, 스포츠를 하면서 느낀 소감들을 글로 적어 보기로 하였다. 몇 년간 틈틈이 메모하였더니 책 한 권 분량이 되었다. 그동안 몇 번에 걸쳐 수필집을 낸 경험을 바탕으로 용기를 내어 또 한 번 출간하기로 하였다.
나름대로 삶과 죽음을 살펴보고 미리미리 준비해 보았다.

부족한 저의 글을 출판하여 빛을 보도록 하여 주신 도서출판 행복에너지 권선복 대표이사님을 비롯한 임직원 분들께 감사의 마음을 전하며 이 책을 읽는 분들께서 잠시 휴식과 재미를 느끼게 되시길 기대하는 바이다.

가평 설악에서 '맥가이버' 변호사 박영목
(이것저것 손재주가 많다고 하여 내 별명은 '박가이버'다)

목공으로 직접 만들어서 딸 한의원 소파 앞에 가져다 놓은 테이블

차례

Chapter 1 전원을 가꾸며

Chapter 2 멋지고 빛나게

Chapter 5 집 안 소나무 밑에 수목장을

Chapter 6 꼰대와 멘토

Chapter 7 예민함보다는 둔감하게

Chapter 8 자식에게 부모란

대문 입구에 핀 장미

Chapter. 1

전원을 가꾸며

-경기 가평 설악에 자그마한 땅을 구입하고
이동식 황토방을 가져다 놓은 다음 잔디를 깔고,
나무와 꽃들을 심고 텃밭을 가꾸며 느끼는 생각들을 적어 보았다-

유쾌 · 상쾌 · 통쾌

집 안에 핀 수국 꽃

누구나 만나고 싶어 할 만큼 기분 좋고 유쾌한 사람.
후덕한 매너와 흥겨운 농담으로 항상 주위 사람들을 즐겁
게 한다.

언제 보아도 유쾌하고 언제 만나도 상쾌하고 생각만 해도
통쾌한 사람.
오늘도 이런 사람이 되고자 노력한다.

말할 때마다 통통 튀는 재치와 유머 감각이 녹아 있다.
평범해 보인다. 그러면서도 총명하다. 스마트(smart)하기까
지 하다.
이런 사람이 천수를 누리리라.

반대로 괴팍하고 까칠하고 이기적인 사람, 자기 마음대로

하려는 사람, 이것도 싫고 저것도 싫다고 한다.

　겨울은 추워서 싫고 여름은 더워서 싫단다. 술은 취하는 게 싫고 커피는 속이 쓰려서 싫다고 한다. 꿀은 달아서 싫고 떡은 목이 메어 싫단다.

　이렇게 부정적인 사람을 만나면 나조차도 우울해진다.

　호감이 넘치는 사람을 만나기에도 우리네 인생이 짧다.

　오늘도 유쾌한 사람을 만나서 '저 달이 떴다가 질 때까지' 흥겨운 대화 나누고 싶다. 술잔을 기울이며….

최근 신년 초 제주 가파도로 가는 배 위에서

스노우 보드(곤돌라)

내가 좋아하는 그분

짜릿한 패러글라이딩

그를 생각하면 언제나 마음이 따뜻해진다.
그의 성품이 좋기도 하지만 그의 행동은 더욱 존경스럽다.

재능 있는 후배를 보면 질투하기보다 '천재'라고 인정하고 칭찬한다.
실력 있는 후배의 싹을 밟아 버리는 것이 일상이고, 상사에게는 비굴할 정도로 아부를 하고 부하에게는 모질게 대하는 것이 현실임에도 그는 다르다.

그의 센스는 유쾌함을 넘어 통쾌하기까지 하다. 그이가 나였으면 좋겠다. 나인지도 모른다. 후배들이 볼 때….

말을 많이 하는 사람보다는 '주거니 받거니' 하면서 잘 통하는 사람이 좋다.

특전사 훈련장에서 하늘로 이륙하는 필자(시원한 패러글라이딩), 새처럼 창공을 나는 매력에 푹 빠져서 '패러'를 구입한 후 연초에 '시공(始空, '하늘을 연다'는 뜻)제'를 시작으로 경기 광주·전곡·용문산·춘천·단양·지리산 노고단 등 전국을 섭렵하였다.
낙하산을 바꾼 직후 딱 한 번 추락하였다. 착륙 도중 나뭇가지에 발이 걸리면서 30m 높이에서 떨어졌는데 찰과상 정도였다.

행복과 불행

마당의 Rudbeckida 꽃

불행한 사람은 넘쳐난다.
행복한 사람은 적다.

욕심이 많은 사람은 재물을 모으려고, 출세를 하려고 아등
바등 열심히 노력한다. 너무 오랜 세월을 근검·절약·인내로
버텨낸다. 그 과정에서 스트레스가 쌓이고 건강이 나빠지면
즉시 불행의 늪으로 빠져든다.

운이 좋아서 많은 재물을 모으고 크게 출세를 하였다 한들
어느덧 나이가 들어서 마음껏 누리고 써볼 시간조차 없음을
알게 된다. 행복한 날을 준비하느라 너무나 긴 세월을 보낸
다. 이제 준비가 다 되었나 싶으면 어느덧 노인이 되어 있다.

행복은 '오늘 그리고 여기에서' 찾아야 한다.

NOW and HERE! 이 말을 붙여 쓰면 Nowhere! '어디에도 없다'는 뜻이 된다.

지금 행복하고 여기에서 즐겨야만 하는 이유이다.
오늘을 즐길 줄 알아야 행복이 온다.

'좋은 추억 만드는 카페'라는 뜻의 현판과 필자가 제작한 회전식 테이블과 나무 의자

두 귀와 한 입

활짝 핀 수국 꽃

  귀로 남의 말을 전혀 듣지 아니하고 입으로만 자기 주장을
계속하는 사람이 있다.
  귀가 2개인 것은 소리의 방향을 알기 위한 것도 있겠으나
듣기를 말하기보다 2배로 하라는 뜻일 게다.

  아기 때부터 영어로 들으면 영어를 저절로 말하게 된다.
한국어를 들으면 엄마, 아빠부터 말하게 된다.
  제대로 들어야 말을 잘할 수 있다. 소리를 못 듣는 아이는
말도 못 하게 된다.

  정치인들이 자기 정당 입장에서 말만을 계속한다.
  상대 정당의 말은 아예 들어 보려고 하지도 않는다.

  욕을 먹는 사람은 대개 말을 많이 하는 사람이다.

상대의 말을 들으려 하지 않는 사람이다.

말하기는 쉽다.
상대의 말을 들어주는 것이 더 어렵다.

오늘부터라도 듣기에 더욱 충실해야겠다.

당신은 어떠한가?
주로 말하는 편인가? 일단 들어주는 편인가?

편백나무에 새겨본 웃는 얼굴과 글씨

포근한 얼굴

포근한 수국

매일 따스하고 포근한 얼굴이 되고자 오늘도 노력하고 또 노력한다.

가끔 인자하고 넉넉한 사람을 대할 때면 기분이 너무 좋다.
어쩌다 성격이 강한 사람, 모든 걸 탁탁 끊고, 이것도 싫고 저것도 싫다고 하면서 불평을 계속하는 사람을 만날 때는 며칠간, 어떤 때는 몇 주간 고통스럽다.
남을 욕하고 정치인을 험담하고 불평하는 사람과 마주하면 나에게도 은근히 동조하기를 바라는 눈치여서 더욱 힘들다.

만나는 사람에게 상처를 주지 않는 사람, 상대방을 배려하는 사람, 믿음이 가는 사람이 좋다.

얼굴은 그 사람의 역사요, 하나의 풍경이요, 한 권의 책이다. 얼굴에 모든 것이 씌어 있다.

'표정'은 거짓말하지 않는다. '뒷모습'도 거짓말하지 않는다. 기분이 좋을 때나 나쁠 때나 모두 얼굴에 나타난다.

돌아가는 사람의 뒷모습에는 그 사람의 진실이 보인다.

힘이 없는지 기력이 쇠하였는지, 거짓말을 하고 가는 지 알 수 있다.

구부정한 어깨와 야윈 몸집과 걸음걸이를 보면 금방 건강이 어떤 상태인지도 알 수 있다.

나도 얼굴 표정은 물론, 뒷모습까지도 좋도록 해야겠다.

"얼굴은 진실이요 풍경이요 한 권의 책이요 안주이다"라고 새겨서 걸어놓은 글씨

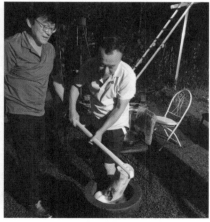

군대 후배들(좌측은 홍욱의 당시 일병, 우측은 김유식 당시 병장)을 초대하여 필자가 '주목'으로 제작한 '떡메'로 떡을 쳐서 콩고물에 굴려 즉석 '인절미'를 만들고 직접 만든 식탁 위에서 필름이 끊길 때까지 술을 마시고 하룻밤을 자고 갔다(둘다 대기업 임원, 공기업 임원까지 하였다)

전원을 가꾸며

함박눈으로 '겨울왕국'이 된 마당

60번째 생일을 맞는 해에 아파트 집을 '주택금융'에 담보로 제공하고 매달 130여만 원의 '주택연금'을 받기로 한 다음 여기(경기 가평 설악) 전원으로 왔다.

그림 같은 조그만 황토방을 가져다 놓고 마당에는 잔디를 깔았다.

대문도 조그맣게 직접 만들고 주변엔 장미를 듬뿍 심었다.

울타리는 '사철 푸르다'는 사철나무와 하얀 꽃봉오리가 멋지게 피는 수국으로 뺑 둘렀다.

마당 주변에는 우선 과실수로 복숭아, 사과, 배, 감나무, 왕대추,블루베리, 산수유, 앵두나무, 밤나무, 은행나무 등을 여러 그루씩 심었다.

그리고 꽃이 멋진 나무로는 우선 '여름철 100일 동안이나 꽃이 핀다'는 목백일홍(배롱나무)을 2그루 심었다. 목련, 라일락, 사랑주 나무, 풍년화, 칠자화, 모감주나무를 심었다. 꽃잎이 멋진 능소화, 꽃의 여왕이라는 모란을 심고 복자기 단풍, 향나무, '살아서 1000년 죽어서 1000년을 간다'는 주목을 심었다.

빨간 꽃잎이 예쁜 '명자나무'도 울타리를 따라서 몇 군데 심었다.

이렇게 여러 정원수와 꽃들로 어느새 '그림 같은 집'이 되었다. 마당에 있는 식물들과 함께 호흡하면서 말 없는 대화를 나누며 살아온 지 어느덧 10여 년이 되었다.

내가 심은 나무는 더욱 예뻐 보인다.
저 친구! 어려서부터 정성 들여 키워 왔기 때문이리라.
내 자식이 더 귀여운 것 같이 나무들도 이제는 자식 같다.

사람은 열 번 잘해 주다가도 한 번 서운하게 되면 그동안 쌓아온 친분이 하루아침에 물거품이 되고 원수 같은 사이가 되기도 한다. 그러나 나무! 이 친구는 정성 들이고 노력한 만큼 배신하지 않고 아름답고 멋있는 모습을 보여준다.

웬만한 사람보다 나무가 더 좋다. 잠시 내 인생을 살펴본다.

여기 노을빛 짙은 산기슭에서 놀다가 구름이 손짓하면은 나 하늘나라로 돌아가리라. 아침 저녁으로 변하는 속세인 들도 없고 약속을 내팽개치는 이기적인 사람들도 없는 천국 으로 돌아가리라. 이 세상 소풍 끝나는 날 하늘 나라로 가서 "아름다웠다"고 말하리라.

맨발로 걸을 수 있도록 울타리를 따라서 '황토길'을 만들 었다. 땅으로부터 '전기적 에너지'를 공급받고 접지(earthing)를 통하여 체내의 활성산소가 빠져 나가게 된다. 또한 지압 효 과로 인하여 웬만한 질병은 거의 다 낫게 된다. 다른 동물과 같이 인간도 맨발로 걸어야만 건강하게 장수할 수 있다.

당신은 어떤가요?
여건이 된다면 꽃과 나무들과 친해지고 싶지 않나요?

마당에 심은 나무와 꽃들(노란 수국과 빨간 작약 꽃)

고통 끝에 오는 깨달음

늘씬한 소나무와 뭉게구름

　미움이나 고통, 분노의 현장도, 지나고 나면 삶의 이정표가 되어 준다. 깨달음은 순순히 오지 않는다. 큰 고통을 겪고 나서야 깨닫게 된다.

　심하게 앓고 난 후에 건강의 소중함을 깨닫게 되고, 죽을 고비를 넘기고 나서야 생명의 소중함을 알게 되고, 불행의 늪에 빠진 후에야 행복의 실체를 알게 된다.

　지루할 만큼 평범한 일상도 큰 축복이요 행복이다.
　유유히 흐르는 깊은 강물처럼 큰 변화 없이 조용하게 흘러가는 소소한 일상들이 모여서 행복의 강을 이룬다.

　당신은 어떤가요?
　미움이나 고통 속에서 깨달음을 얻은 적이 있나요?

일본 도야마 스키장에서 아들과 함께 스노우 보드(알파인)

Chapter 2.

멋지고 빛나게

-인생살이 후반전을 맞이하면서 욕심을 내려놓고
어린 시절 생각도 해보면서 떠오르는 생각들을 정리해 보았다-

멋지고 눈부시게

눈이 부시도록 아름다운 꽃송이들

지난 시절을 돌아보니 멋지게 살아온 날들이다.

학창 시절에는 공부에 매진하였고 경쟁이 치열하였던 명문대에 합격을 하던 날! 어렵다던 고등고시를 2번이나 합격하던 날! 보통 사람들이 면제받으려고 안달하는 군대 문제도 기꺼이 지원 입대하여 힘든 훈련을 받고 장교로 임관하던 날! 공무원으로 첫 출근하던 날! 조그만 기관장으로 나가던 날.

생각만 해도 멋지고 가슴이 뛴다.
젊은 혈기에 '봉사를 하겠다'는 일념 하나로 그 험한 정치를 2번이나 출마하던 시절!
지금 생각하면 아찔하기만 하다.

나이 들수록 인생은 점점 흥미로워진다. 이젠 자신을 돌아보면서 행복하게 나이 들어 갈 수 있는 여유가 있다. 느긋하게 웃으면서 걸어갈 내리막길이 있다.

숨을 쉬고 있는 한 희망은 있다. (while I breathe, I hope)
꿈이 있는 한 행복은 있다.

인생 별 것 없다.
재미있게 살자.
일상의 사소한 모든 일에 '행복감'을 느껴보자.

지금 행복할 줄 모르는 사람은 나중에도 행복을 알기 어렵다.
멋진 음식에 아름다운 루비빛 와인 한 잔, 그리고 가슴 벅찬 감동을 느껴보자.

산다는 것은 눈부시게 아름다운 것이다.

인생 뭐 있어?
즐겁게 살면 되지!

정치에 뛰어들어 기호 1번 어깨띠를 하고
선거유세 중인 필자
(Google에서 '영등포 박영목'을 검색하면
위 사진을 포함한 KBS뉴스 동영상을 볼 수
있다)

필자가 출판한 수필집「물살을 가르며」

서울 ○○구 '지역 위원장'시절의 사무실에서

인생살이가 힘들 때에는

인생살이는 본래 힘든 것이다.
고독하고 슬프고 외로운 것이다.
모든 것을 다 알고 있는 신(神)처럼 살려고 하지 마라.

과거에 얽매어 살지도 말고 미래를 걱정하며 미리 살지도
마라.
그냥 결함과 약점이 가득한 인간의 마음으로 오늘을 살아
내자.

힘들고 괴로울 때는 한없이 약해져 보자.
버티려고 하지 말고 고립되려고 하지도 말고 이겨내려고
발버둥 치지도 마라.

내가 힘들듯이 너도 힘들겠지.

우리에게 부족함이나 결점이 있어서 힘든 게 아니고 그저 인간이어서 품고 살아야 하는 원초적 무게일 뿐이네.

이렇게 정리를 해야만 나 자신에게 친절해지고 타인에게도 상냥해질 수 있다.

'인생사가 고되다'고 느낄 때에는, 인간으로 태어난 이상 누구에게나 그런 것이라 여기고 '이 또한 지나가리라(This too shall pass away)'를 되뇌며 숨 한 번 크게 쉬고 앞으로 앞으로 나아가 볼 일이다.

변호사 출발 당시(우측부터 이용우 대법관님, 김창국 변협회장님, 가재환 서울 중앙법원장님)

집에 써서 걸어놓은 글씨(이 또한 지나가리라)

Chapter 2

어머니는 위대한 스승

누구에게나 어머니가 계신다.

언제 불러 보아도 눈물을 글썽이게 하는 어머니!

태어나서 처음 보는 얼굴도 어머니요, 처음 입을 떼는 말이 '엄마'이고 영어권에서는 '맘마(Mamma)'이다.

역사적인 위인 뒤에는 항상 '훌륭한 어머니'가 있다.

어릴 때부터 어머니는 스승이다. 어머니로부터 모든 걸 배운다. 밥상머리 교육부터 남에게 폐를 끼치지 않는 예절까지.

부지런함

성실

인내

노력을 모두 배운다.

가끔 무례한 사람들을 만날 때가 있다.

이들도 어머니가 한마디만 나무라는 말을 했더라면 남한테 욕먹는 삶을 살지는 않았을 것이다. 어머니의 한마디 꾸중은 즉시 고치게 하는 큰 힘으로 자녀에게 작용한다.

어머니는 음식을 통하여 자식을 건강하게 하고, 학업에 충실하게 하고, 사회에 봉사할 줄 알도록 하며, 병든 자식을 낫게도 하며 죽어가는 자식을 살려내기까지 한다.

어머니는 신(神)을 대신하여 이 땅에 계신다. 신만이 할 수 있는 기적 같은 일을 어머님은 자식을 위해서라면 다 해내신다.

내 인생에 가장 큰 영향을 끼친 인물은 어머님이다.

공부를 열심히 하도록 하고 대학을 진학하고 국가고시를 합격하기까지 그 인내의 원동력이 바로 어머님이다.
어머니는 내 인생의 '스승'이요 '나침반'이었다.

우리 사회를 지탱하는 힘은 바로 어머니의 사랑이다.
어머니는 '끝없는 사랑'으로 자식을 온전하게 자라게 하는 '위대한 스승'이다.

오늘도 어머니의 음성이 들리는 듯하다.
어머니가 무척이나 그립고 보고 싶다.

행정고시 합격증 수여식 때 당시 중앙청 대회실에서
합격증 수여식 직후 찍은 사진으로 그 2년 후 49세의
젊은 나이에 별세하셔서 마지막 어머님 사진이 되었다

인생 마지막에 가지고 갈 것은 추억뿐

호스피스 병동에서 수많은 죽음을 지켜본 간호사의 눈에 "사람은 그가 살아온 대로 죽더라. 잘 살아온 사람은 잘 죽고 그렇지 못한 사람은 아등바등 발버둥 치다가 죽게 되며, 의미 있는 일을 추구했던 사람은 죽음조차도 편안해하더라."라고 비칠 것이다.

죽기 전에 후회되는 몇 가지를 묻는다면, 도시에서 벗어나 양지바른 곳에서 살고 싶던 소망! 부모님 모시고 여행을 가고 싶었던 소망! 살면서 조금만 조금만 하고 미루었던 소망들! 이러한 꿈들을 실행에 옮기지 못한 후회일 게다.

좀 더 높은 지위까지 올랐을 걸… 돈을 더 많이 벌었을 걸… 집을 크게 늘렸을 걸… 하고 죽는 사람은 없다.

세상 떠날 때 가지고 갈 것은 아무것도 없다.

추억뿐이다.

가족들과 함께했던 즐거운 추억들, 직장에서의 추억들, 친구들과의 추억들….

당신은 어떤 '추억'을 가지고 떠나가려고 하는가?

가지고 갈 추억들은 충분하게 만들어 두었는가?

부족하다면 오늘부터라도 만들어 볼 일이다.

추억을 만든 만큼, 함께한 사람들(가족, 자녀, 친구)이 당신을 오래도록 기억하고 존경할 것이다.

마당 한쪽의 왕보리수와 앵두

배려의 힘

하나 더하기 하나가 둘을 넘어 셋 이상을 만들어 내기도 하는 위대한 힘, 그것이 배려이다.

하나 더하기 하나가 둘이 아닌 '큰 하나'가 되는 에너지도 바로 배려에서 나온다.

입장 바꾸어 생각해 보고 상대방을 돌보아 주는 마음, 그것이 바로 일심동체가 되기도 하고 무한한 힘이 되기도 하는 동력이다.

오늘도 마주하는 사람을 배려하는 행동을 하여야겠다.

사랑과 배려, 역지사지(易地思之)는 호감을 갖게 하는 마술이다. 보고 싶은 사람과 술상 앞에 마주한 사람이 가장 행복할 듯하다.

당신의 배려심은 어떠한가요?

"길이 아니면 가지를 말고 말이 아니면 듣지를 말라"('옳지 않은 길은 가지를 말고 옳지 않은 말은 듣지도 말라'는 뜻) 글씨 완성 (작업 공방)

"오늘은 인간이되 내일은 흙이로다". 즉 '하루하루를 열심히 살아야 한다'는 뜻으로 써 본 글씨

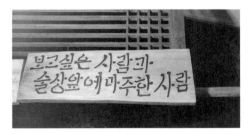

"보고 싶은 사람과 술상 앞에 마주한 사람"이 최고로 행복할 것 같아서 새겨서 걸어 보았다(친구들이 올 때면 이 글을 큰소리로 읽으면서 한잔씩 건배를 한다)

나에게 '어머니'는

모든 것을 용서하는 넉넉한 얼굴.
늘, 내 아들이 최고라고 자랑합니다.

오직 아들의 행복만을 생각합니다.
어쩌다 하는 전화에도 크게 감격해합니다.

어머니, 어머니, 어머니.
자꾸만 부르고 불러 봐도 그립고 보고픈 당신은 아련한 추
억 속 마음의 안식처입니다.

오늘도 빛바랜 사진 속 어머니 모습을 보면서 나지막하게
불러 봅니다.
어머니! 어머니!
그러나 이제는 대답은 들을 수 없습니다.

당신의 어머니는 어떠하셨나요?

아름다운 추억이 많았지요?

어머니의 '너그러움'과 '사랑은 위해주는 것'이라고 글을 써 보았다

목공으로 만들어 본 '간이 테이블'

웃는 얼굴

원스키를 타면서 한 손을 흔드는 여유까지…

황진이의 웃는 모습, 새하얀 치아에 환한 얼굴은 십 리(4km)를 밝게 하였단다. 봄처녀 새아씨가 아름다운 것은 활짝 웃어주는 환한 얼굴 때문이리라.

환하게 웃는구나.
예쁘게도 웃는구나.
갈봄여름 없이 볼 때마다 웃는구나.

나도 웃는구나.
너를 따라 웃는구나.

여성은 감정표현이 남성보다 솔직하다.
웃기도 잘하고 울기도 잘한다.
그래서 평균 수명이 남성보다 8년 정도나 더 사는지도 모를 일이다.

웃을수록 오래 산다.
걸을수록 더 오래 산다.

당신도 웃는 얼굴이지요?

공직에 있을 때 간부들과 회식, 모두들 활짝 웃는 모습이 정겹다
(왼쪽에서 4번째가 필자, 우측 첫번째는 김명섭 대한약사회장 출
신의 3선 국회의원)

현관 앞에 핀 장미 꽃

오늘을 소중하게

오늘 내가 헛되이 보낸 시간은 어제 죽은 이가 그토록 갈망하던 내일입니다.

사람은 누구에게서나 배웁니다.
부족한 사람에게서는 부족함을, 넘치는 사람에게서는 과분함을, 바른 사람에게서는 본받음을, 몹쓸 사람에게서는 '저래서는 안 되겠다'는 교훈을 배웁니다

살다 보면 잘나갈 때가 있습니다.
그러나 그리 오래가지는 않습니다.

살다 보면 일이 잘 풀리지 않을 때도 있습니다.
그것도 오래가지는 않습니다.

오늘을 잘 보내는 것이 소중합니다.

'처음처럼'을 새겨보았고 집 현판을 '행복한 쉼터'라고 새겨서 걸었다

집 안에 핀 나리꽃과 산딸기

필자가 육군 장교 시절 타고 다니던 자동차와 군 복무하던 사무실(산뜻한 초급장교네요)

Chapter 3.

내 인생
후회되는 한 가지

– 이제 내가 하여야 할 일은 무엇인가?
인생은 짧고 후회되는 일도 많았으니…–

아! 그리워라! 장교 훈련과 동기생들!

군복무 중 사법고시에 합격하자 당시 '전우신 문'에 보도된 기사

* 나는 육군 장교로 자원 입대하여 화학 장교로 임관하였고 '임관 30주년 행사 추진 위원장'을 맡은 바 있고 임관 40주년을 맞이하여 기념 화보집 발간에 이 글을 기고하였다.

언제나 청춘일 것만 같은 젊음을 앞세워 물 불 안 가리고 열심히 살다가 문득 자신을 돌아보니 인생의 '가을'을 맞이하고 있다. 우리들 장교 임관이 엊그제 같은데 어느덧 40년이 지났음을 축하하며 이 글을 쓴다.

1980년 6월 말 햇볕이 유난히 뜨거웠던 어느 날, 우리는 장교의 꿈을 안고 육군 보병학교에 입교하였지! 웬걸! 장교 후보생이어서 '신사 교육'인 줄 알았는데 큰 착각이었다. '병과 하사관의 훈련 과정을 1차적으로 먼저 체험하여야 한다'는 명분하에 몸으로 때우는 고된 훈련의 연속이었다.

뜨거운 태양을 온몸으로 받으며 완전 군장차림으로 구보(뛰어가는 것)를 해야 했고 연병장 흙바닥을 낮은 포복으로 선착순 달리기도 하였다. 체력 단련을 핑계로 시키는 'PUSH-UP'과 '쪼그려 뛰기' 등 종류를 헤아릴 수 없이 많은 '얼 차려'로 발에는 물집이요 양손에는 '피멍'이 들었다. '사회에서 먹은 기름기를 완전히 빼야 한다'면서 군대 짬밥으로만 버티게 하였고 P·X(군대 매점)조차 출입금지였다. 징글 징글한 '유격 훈련'을 2주간이나 계속 받고 나니… 어느새 늠름한 군인이 되어 있었다.

대한민국 장교! 거저 임관시켜 주는 게 아니라는 걸 온몸으로 깨달았다. 장교를 지망한 덕분에 권총 사격, 실제 수류탄 투척, 화염 방사기 사격 같은 귀한 체험도 하였다.

이렇게 36주간(약 9개월)의 기나긴 지옥 훈련을 마치고 우리는 1981년 봄에 대한민국 장교로 임관하였고, 전투병과인 공병·통신을 비롯하여 병기·병참·수송·화학·방공포병과의 장교로서 전·후방 각급 부대로 배치되어 3년간의 군복무를 하였지!

투철한 애국심으로 군에 남은 동기생들은 중령·대령으로 대대장·부사단장까지 올라갔고, 사회에 복귀한 동기생들은 대기업 임원, 중견기업의 경영자를 지내고, 공직에 진출한 동기생은 공기업 이사장·장관까지 역임하였다. 600여 명이 임관하였는데 군복무 중 위험에 처한 채 순직하여 꽃다운 나이에 국립묘지에 안장된 동기생들이 상당수이다.

우리는 전역 후에도 끈끈한 전우애로 동기회 모임이 크게 활성화되었고 임관 10주년, 15주년, 20주년, 25주년, 30주년, 35주년, 42주년 행사를 전국적 규모로 성대하게 치렀다.

나는 장교 임관 후 육군 화학학교 평가실장으로 근무하면서 '사법고시'에까지 합격하여 '전우신문'에 사진과 함께 보도되는 영광을 얻었다. 그 후 공직(서울특별시·해양수산부·경찰청·국가정보원·대통령실 등)을 거쳐 변호사로 일하는 동안, 동기생들의 덕을 많이 보았다. 다들 엔지니어 기술자들이어서 법률문제가 더러 발생하였고 그때마다 나에게 연락이 왔다.

지금도 눈에 선한 육군 보병학교의 구석구석이 보고 싶고 그립다.
함께한 동기생들이 마냥 보고 싶다.
꽃같이 향기가 나는 친구!
물같이 갈증을 풀어주는 시원한 친구!
꿀같이 달콤한 친구!

살다 보면 일이 잘 안 풀릴 때도 있다. 그것도 오래가지는 않는다. "이 또한 지나가리라"(This Too Shall Pass Away!)는 격언처럼 최고점에서는 겸손해야 하며, 힘들 때는 용기를 가져야 한다.

지금까지 살아오면서 우리 장교 동기생 모임이 최고였다. 만날 때마다 전우애가 넘쳐나고 인생의 활력소 그 자체였다. 이 글을 읽는 젊은이가 있다면 이왕이면 장교를 지원하시라. 훌륭한 인생의 동반자를 대량으로 만드는 길이다.

　　육군 기술장교 명품 7기 동기생이여!
　　영원하라!

　　* 임관 40주년을 기념하는 슬로건 공개모집에서 필자가 창작한 표어가 당첨되어 상금까지 받았다. 당선작은 "함께한 40년, 함께할 40년!"이다. 줄여 쓰면 "함께한 40+, 함께할 40+"이다.

유격 훈련장에서 밥, 된장국, 반찬 2가지, 1식 3찬인데 완전 거지꼴이다.(우측이 필자. 좌측은 윤중식으로 사업가로 성공하여 청주에서 'JS텍' 대표이사로 있다) 장교훈련은 죽을 맛인데 임관 후 '기간장교'로서는 그럴듯하다(우측 2번째가 필자 맨 우측은 기갑 조병숙 소령, 가운데는 포병 임문환 중령, 그 다음은 보병 박노식 소령, 맨 좌측은 포병 노연복 중령)

풀·꽃·나무에게 배운다

어린 풀이 봄이 되면 척박한 땅을 뚫고 올라온다.

쑥쑥 자라면서 '나 여기 있소!' 하고 주변에 자신의 존재를 알린다.

풀은 자라면서 다정함을 주고 꽃은 화려하게 춤을 추며 나비와 벌을 모이도록 하면서 우리 모두에게 행복을 전한다.

나무 역시 생명체이다. 눈이 없는 것 같아도 주변을 다 인식한다. 옆에 큰 나무가 있으면 살짝 고개를 틀어서 자라난다.

풀에게는 끈질긴 생명력을, 꽃들로부터는 사랑받기에 충분한 아름다움을, 나무로부터는 점잖고 과묵한 듬직함을 배운다.

풀은 해마다 새싹을, 꽃은 봄·여름·가을에 눈부신 아름다움을, 나무는 수백 년에 이르기까지 늠름한 자태를 우리에게 선사한다.

모두가 고마운 존재들이다.
오늘도 나는 풀·꽃·나무에게 말을 걸고 찾아드는 나비·벌·새들과 대화를 한다.

여러분은 어떠한가요?
풀·꽃·나무들과 대화를 해본 적이 있나요?

마당 한 켠에 심은 나무와 예쁜 꽃들('홍도화(복숭아)'와 서양 민들레)

대문 앞에 핀 장미꽃

해보고 후회하는 편이 낫다

인생을 살아 보니 할까 말까 망설여질 때는 해보고 후회를 하더라도, 하지 않고 아쉬워하는 것보다 낫다.

인생은 선택이다.
좋은 선택을 계속하면 성공하고 나쁜 선택을 여러 번 하면 망가진다.

좋은 것 2개 중 하나의 선택이 가장 어렵다.
이 길도 좋고 저 길도 좋아 보이는데 그중 하나를 선택해야 할 때가 가장 중요하다. 아름답고 멋지기까지 한 여자 둘 중에 하나를 선택할 때가 가장 어려운 일이다.

오늘도 내일도 좋은 선택을 해야겠다.

여러분은 어떠했나요?

좋은 선택만을 계속해 왔나요?

나쁜 선택도 몇 번 있었나요??

집 안에 핀 장미꽃

몇 해 전에 출간한 수필집 『휴4·5』

내 인생 후회되는 한 가지

가장 아름다운 인간의 향기는 후회이다.

부끄러운 자신의 삶을 진솔하게 고백하는 영혼의 눈물이기 때문이리라.

내 인생 후회되는 한 가지는 공직을 때려치운 일이다.

'조직이 인재를 몰라 준다'고 '원하지 않는 아무 곳이나 인사발령을 내 버렸다'고 '이런 조직에서 내 인생의 황금기를 낭비할 수는 없다.'고… 판단한 나머지 고민 고민 끝에 어느 해 3월1일 야간 당직을 하는 날 새벽에 '사직서'를 써 내려갔다.

당시 신문(중앙일보, 한국일보, 조선일보 등)은 다음과 같이 크게 보도하였다.

"사법·행정 양 고시를 패스한 젊은 엘리트 총경에게 우리 나라의 경찰 조직은 장래의 희망도, 일하는 보람을 느끼는 데에도 한계가 있었던 셈이다."

당시 장관이 사표를 수리하지 않고 '1주일 이내에 경찰 서장으로 인사발령을 할테니 사표를 철회하라'는 전갈을 해왔다. 그런데 나는 자존심에 이를 거절하였다. 그 일이 지금도 후회로 남아있다. 그냥 꾹 참고 나라를 위해서 봉사하면서 계속하여 근무하였어야 옳았다.

당신은 어떠한가요?
인생을 사는 동안 후회되는 한 가지를 꼽는다면 어떤 것인가요?

경찰 근무시절 모습(총경 예복, 우측은 가운데가 필자)

옹이는 성장통의 흔적

큰 나무에는 옹이가 많다.

아름답게 높이 자라기까지 중간중간에 스스로 잘려 나가
면서 옹이가 되어 있다.

사람에게도 옹이가 있다.

모진 비바람을 견디면서 옹이 하나, 좌절의 늪에서 옹이
또 하나, 삶의 고통을 이겨내면서 옹이 또다시 하나.

옹이는 사람을 사람답게 자라도록 하는 과정에서 생긴 성
장통의 흔적이다. 쓰라린 후회와 새로운 결의가 만들어낸 마
음의 옹이는 아름답고 깊다.

여러분은 어떠한가요?

인생을 살아 오면서 옹이가 몇 개쯤 생겨났을까요?

집 울타리 역할을 맡고 있는 듬직한 소나무(필자의 수
목장 후보 1호)

대문 앞의 장미꽃들과 붉은 석양

미워하는 마음

미운 사람
그는 마음에 상처를 주는 말을 너무 많이 했다.
그래서 배울 것이 하나도 없다.
얼굴 한 번 보는 것만으로도 한 달 정도 기분이 나쁘다.

어쩌면 좋을까요?

계속 미워해라.
그런데 그 마음이 왜 생겼는지는 생각해봐라.
미운 마음이 정말 네 마음인지도 스스로에게 물어보아라.

이제 모든 걸 용서하고 화해할 때다.
미운 마음 계속 간직해 봐야 나만 괴롭다.
상대방은 심각하게 생각하지도 않고 있음을 알아야 한다.

괜히 혼자 걱정하다가 내 행복만 무너진다.

당신은 어떠한가요?
미운 사람이 있나요?

2021.8 초 오후 9시 MBC PD수첩 '그날'에 출연한 필자(인기 가수 '듀스' 김성재 사망사건의 변호인으로서 당시 경찰 초동수사의 잘못을 설명하고 있다)(필자의 마지막 보직인 '강원 경찰청 수사과장'을 자막으로 설정하고 있다)

인생이 이렇게 짧은 줄 모르고
너무 걱정만 하고 살았다

사람들은 너무 걱정을 많이 하면서 살고 있다.
실제로 우리가 하는 걱정의 90%는 어쩔 수도 없는 일이다.
걱정한다고 해결될 일이 아니다.

예민하고 자존심이 강한 사람일수록 불안과 걱정이 많다.
정말 행복해지고 싶다면 예민함과 민감함에서 벗어나 조
금 둔감해질 필요가 있다.

나도 둔감하게 살아야겠다.
그래야 행복을 맛볼 수 있을 테니까….

인생은 짧다.
오늘도 내일도 행복을 찾아 나서야겠다.

당신은 어떤가요?

걱정만 하면서 살아 온 것은 아닌가요?

울타리의 미선나무꽃

필자가 새겨 본 '모든 일은 마음먹기에
달렸다'라는 뜻의 글씨(마당 태양광패널
아래 카페에 새겨서 걸어 두었다)

변호사 출발 소연날 고교 후배 검사들과(우측은 특수통으로 유명
한 임관혁 현 서울 동부 검찰청 검사장)

Chapter 4.

어린 시절 나의 부모님은

-유년 시절의 아버지·어머니를 그려 보면서
몇 가지 생각들을 적어 보았다-

향기 나는 사람

장미와 푸른하늘

병에 약을 담으면 약병,
물을 담으면 물병,
술을 담으면 술병,
꿀을 담으면 꿀병,
꽃을 담으면 꽃병이 된다.

통에 물을 담으면 물통,
쓰레기를 담으면 쓰레기통이 된다.

우리 사람의 마음도 똑같다.
그 안에 무엇을 담느냐에 따라

꽃같이 향기가 나는 사람,
물같이 갈증을 풀어주는 시원한 사람

꿀같이 달콤한 사람
쓰레기같이 냄새나는 사람이 된다.

내 마음속에 담겨 있는 것이 무엇인가에 따라 사람 대접을
받느냐, 못 받느냐가 결정된다.
감사·사랑·겸손 등 좋은 것을 담아 두면 행복한 사람이 될
것인데 오늘은 그대 마음속에 무엇을 담으시겠습니까?

이왕이면 꽃을 담아 향기 나는 사람이 되어야겠다.
술도 약간 담아 즐거움을 더 느껴야겠다.

당신은 마음속에 무엇을 담으시겠습니까?

'걷고·웃고·사랑한 만큼 오래 산다'는
뜻으로 새겨 본 글씨

'사랑, 처음처럼 그대로' 이어야 한다는
뜻으로 새겨 본 웃는 얼굴과 글씨

유년 시절 나의 부모님은

마당 한켠의 '사우나' 1.5평
(향기와 감성, 나무향과 감동
이 머무는 곳이라고 새겨서
걸어두었다)

충북 옥천 고향에서 초등학교 2학년 여름 방학 중 엄청나게 무더운 밤에 나는 '다듬이 독'(빨래를 펼 때 쓰는 화강암으로 만든 길쭉하고 평평하게 생긴 큰 돌)이 시원하길래 그냥 '베개'로 삼고 잠을 청하였다.

그런데 차가운 돌 위에 뺨을 대고 아침까지 잠을 자고 났더니 근육이 수축되어 입이 한쪽으로 휙 돌아가 버렸다. 시골에는 거울이 거의 없던 시절이라 얼굴도 안 본 채 오전을 지내고 점심으로 손칼국수 한 그릇을 마루에서 먹고 있었다. 이웃집 '순이 엄마'께서 집에 놀러 왔다가 나를 보더니 "얘, 영목이 입이 귀에 걸렸네"라고 큰소리로 말하는 바람에 입이 돌아간 것을 처음 알게 되었다.

농사짓는 부모님은 "수중에 현금이 한 푼도 없다"고 하면서 "어느 집에서 돈을 융통해오나?" 아니면 "참깨나 콩을 다음 장날에 내다 팔아야 하나?" 큰 걱정을 하셨다. 부모님은 돈이 없으니까 병원이나 한의원으로 갈 엄두도 못 내고 어린 나는 그냥 뛰어놀기만 하였다.

어쩔 수 없이 민간요법에 의존하였는데 우선 대추나무(아마 나무 중 가볍고 단단하여 대추나무로 정해진 것 같다)의 'ㄱ'자로 된 마디를 잘라서 입에 걸고 고무줄을 매어 입이 돌아간 반대쪽 귀에 대고 묶고 잠을 잤다. 1주일이 지나도 입은 돌아오지 아니하였다.

이번에는 "귀뚜라미를 잡아먹으면 원위치 된다."고 동네 사람이 알려주었다. 나는 어머니가 시키는 대로 매일같이 귀뚜라미를 50여 마리씩 잡아다가 부엌 아궁이 숯불에 구워서 계속 먹었다.

그 후 2학기 개학일이 되어 학교를 나갔더니 친구들이 몰려와서 "야! 입 비뚤이!" 하고 마구 놀려대는 게 아닌가. 나는 너무 창피해서 그다음날부터 학교를 안 갔다. 아버지는 "이놈 이거 어쩔 수 없지 농사일이나 거들라고 해"하였다. 어린 나는 작은 '지게'를 지고 나무도 해오고 소 먹일 풀도 낫으로 잘라서 실어 날랐다.

더위에 힘들긴 해도 어쩔 수 없이 계속 농사일을 도왔다. 어머니도 "집안에 먹고 죽으려고 해도 돈이 한 푼도 없다."면서 걱정만 계속 하였다.

어느 날 "집에서 키운 돼지를 내일 새벽에 판다"면서 아침 4시경에 어머니께서 자고 있던 나를 깨우더니 "빨리 나가서 돼지한테 구정물을 한 바께스 갖다 주어라. 그래야 돼지 무게가 많이 나가서 그만큼 돈을 더 받는다"고 하셨다. 내가 나가서 돼지 우리에 구정물 1통(20L 정도)을 부어주자 우리 돼지는 목이 말랐는지 '꿀꿀! 냠냠'소리를 내면서 엄청난 속도로 물을 들이키기 시작하였다.

그때 바로 돼지장수 아저씨 두 분이 들이닥쳤다. 구정물을 마시고 있던 돼지를 바로 끌어냈다. 앞뒤 다리를 끈으로 묶은 다음 큰 저울로 달더니 현금 얼마를 건네주고는 돼지를 자전거에 싣고 떠났다.

그때 돼지 장수 아저씨가 내 입을 보더니 "얘, 어린애가 입이 왜 이렇게 돌아갔어요? 옥천읍에서 이원면 쪽으로 나가면 '장문천'이란 침쟁이가 있는데 잘 고친다고 합디다" 하였다.

어머니는 그 다음날 돼지 판 돈을 가지고 나를 데리고 6km를 걸어서 큰길까지 나가 버스를 타고 옥천읍에 내린 다음 30리(12km)를 걸으면서 물어 물어 용하다는 침쟁이 집을 찾아갔다. 1주에 한 번씩 3주간 침을 맞았더니 입이 돌아왔다. 그 침쟁이 말씀이 "얘가 어린데도 눈물도 안 흘리고 잘 참네요. 이 침이 굵어서 엄청 아픈 것인데, 여기 '인중'(코 바로 밑)을 시작으로 11곳을 찌르는데도 잘 견디네요. 앞으로 잘 키워보세요. 인내심이 남다르네요" 하였다.

그해 2학기인 9월, 10월 2개월을 결석하고 11월부터 나는 학교에 다시 나갔다. 학교 도착하자마자 아이들이 "야 임마 입비뚤이!" 하고 또 놀려대기 시작하였다. 나는 다음날부터 "학교를 안 가겠다"고 하였다. 어머니가 내 손을 잡고 학교로 가서 담배(당시 최고 비싼 담배 이름이 '아리랑'으로 1갑에 25원이었다.) 한 보루(10갑 묶음)를 사서 담임선생님(경상도 말씨를 쓰는 '조상하' 선생님이었다)께 드리고 "우리 영목이 좀 놀리지 않게 하여 달라"고 부탁을 하였다. 그랬더니 그다음 시간에 선생님이 "박영목 이리 나와!" 하고 교탁 앞으로 불러내더니 흰 종이 한 장을 건네주면서 "'입비뚤이'라고 놀리는 놈은 여기에 이름 적어서 선생님한테 가지고 와!" 하고 크게 말씀하셨다.

나는 어린 나이에 몇몇 친구들 이름을 적어서 수업 끝날 때 제출하였다. 선생님이 "김철수, 김정국, 박춘과, 김정현 앞으로 나와! 너희들은 오늘 화장실 청소하고 선생님한테 검사 맡고 가!"라고 하였다. 이러자 친구들은 오히려 나한테 와서 '이름 적어 내지 말아 달라'고 아부까지 하였다. 그다음 날부터 아무도 나를 놀리지 아니하였다.

그때 어머니의 정성이 아니었다면 나는 초등학교 2학년 중퇴 학력으로 입조차 비뚤어진 채로 동네 머슴살이를 하고 어디 식당 같은 곳에서 배달일이나 하면서 인생을 살아갔을 것이다. 어머니의 위대함 덕분에 나는 '서울대'를 합격하고 대학 3학년 때 '행정고시'를 합격하고 육군장교로 입대한 이후 '사법고시'까지 합격하였다. 그 후 서울특별시, 해양수산부 사무관을 거쳐 '경찰 총경'을 하고, '대통령실'과 '국가정보원'에까지 재직하였다.

내가 입이 돌아갔던 사건을 아는 이는 거의 없다. 지금은 내 딸이 한의사(경기 남양주시에서 '100세 행복'한의원 대표원장)이다. 병명은 '구안와사'라고 초기에만 오면 침 몇 번이면 즉각 되돌아온다고 한다.

어머니의 힘은 위대하다. 특히 자식을 위해서는…. "애가 입이 돌아간 채로 굳으면 장가도 못 갈 텐데… 큰일이네" 하

고 걱정을 태산같이 하셨다. 지금도 거울을 볼 때마다 돌아
가 버린 입을 고쳐 주신 어머님의 모습이 떠오른다. 여름철
에 귀뚜라미가 눈에 띄면 '이걸 내가 먹었었지' 하고 옛 생각
에 아련히 젖곤 한다.

광주에서 육군화학교 평가실장으로 근무하던 사무
실(좌측이 필자, 우측은 김유식 병장인데 전역 후 한
국환경공단 임원으로 근무하였고 얼마 전 집으로 초
대하여 내가 만든 떡메로 떡을 쳐서 콩고물에 즉석 인
절미를 만들어 먹고 놀다가 하룻밤 묵고 간 전우이다)

청와대 본관(대통령 집무실) 앞에서

아버님의 노래 솜씨

초등학교 6학년(1967년) 봄에 할머니(1907. 2. 5생으로 90세를 사셨다)의 회갑(60번째 생일)연이 있었다. 시골집에서 이웃 주민들은 물론 여러 친척과 지인들을 초대하여 잔치가 벌어졌다.

가난한 시절이라 회갑 잔치를 구실로 동네 사람 모두에게 좋은 음식과 술을 잔뜩 대접하는 분위기였다.

며칠 전부터 이웃 아주머니들을 차출하여 콩을 불리고 갈아서 두부를 만들고 장작불 위에 솥뚜껑을 걸어 놓고 파전이나 각종 부침개를 만들고 마당에는 커다란 차일을 쳐서 그늘지게 한 다음 그 밑에 멍석을 깔고 손님들이 맛있는 음식을 먹고 거나하게 술을 마시도록 하였다.

막걸리를 3섬(1섬이 20L 대두 10말이니까 3섬이면 600L, 60만CC인 셈이다)을 배달받았다. 그날 저녁 모든 손님이 술에 취하여 흥이 절정

에 도달하였을 때 동네 아저씨들이 꽹가리와 징, 북을 치면서
노래를 불렀다.

　　그때 아버님이 노래를 그렇게 잘하는 것을 처음 알았다.
　　너무 신선한 충격이라 지금도 그 노랫말이 생생하게 기억
난다.

　　날 좀 보소~ 날 좀 보소~ 날 좀~ 보~소~
　　동지 섣달 꽃 본 듯이 날 좀 보소~
　　아리 아리랑 쓰리 쓰리랑
　　아~라리가 났네~
　　아리랑 고개를 넘어 간다~
　　정든 님이 오시는데~
　　인~사를 못 해~
　　행주 치마 ~입에 물고 입만 방긋~
　　아리 아리랑 쓰리 쓰리랑 아~라리가 났네~
　　아~리랑 고~개로 넘~어 간다~

　　하늘나라에 계신 아버님을 생각하며 "날~좀 보소~ 날~좀
보소~"하면서 흥얼거려 볼 때가 많다.

당신은 행복한가?와 집 안에 핀 산나리 꽃

6.25 전쟁 시 대구 다부동전투에 참전
하신 아버님, 당시 결혼하여 아들(장
남)이 있었음에도 나라의 부름에 응하
여 3년 넘는 기간을 참전하셨다.(막사
우측에 '복명복창(復命復唱)'의 구호가
보인다. 상급자가 내린 명령을 반복하
여 말함으로써 정확한 전달을 확인하
는 군대 용어이다)

행복을 위하여 챙겨야 할 것들

출세나 명예를 위해서 건강이나 가족을 희생하는 것만큼 어리석은 것은 없다.

일만 하고 휴식을 모르는 사람은 브레이크 없는 자동차와 같이 위험하고, 쉬려고만 하고 일할 줄 모르는 사람은 모터가 없는 차와 마찬가지로 아무 쓸모가 없다.

우리는 행복하기 위해서 일을 한다.
그런데 행복은 휴식을 통하여 우리에게 다가온다.
일에 매달려 정신없이 달리다 보면 소중한 것을 알아차리지 못한 채 지나간다.

부모님의 늙어감을 알아채지 못하고, 아이들이 빠르게 자라고 있음도 알지 못하고 자연과 주변이 변화하는 것도 눈치채지 못한다. 더 나쁜 것은 자신이 병들어가고 있음을 알지 못하고 살 때가 있다.

짬을 내어 주변을 살펴볼 때이다.
부모님께 효도는 잘하고 있는지? 아이들과 충분한 시간을 가졌는지? 내 건강은 괜찮은지? 내가 챙겨야 할 사람을 챙겼는지? 나에게 도움을 준 사람에게 고마움을 표시했는지? 마음의 응어리를 풀지 못하고 있는 사람은 없는지? 등을 돌아보고 관심을 가져야 한다.

그래야 우리 모두가 행복해 질 테니까!

행복을 위하여 지금 챙겨야 할 것은 무엇인가?
한번 생각해 볼 때이다.

2013년 새해 첫날 가족 여행 때 필자가 찍은 제주 추자도의 일출

마당의 '모감주' 나무(노란꽃이 탐스럽다)

Chapter 4

앞뒤가 바뀐 세상

일본 북해도에서 만난 '야생 여우'

많은 것들을 곁에 두고 다 써보지도 못하고 죽어가는 이상한 현대인(現代人).

미래의 노후대책을 지나치게 준비하느라 오늘을 행복하게 살지 못하는 희귀병에 걸린 현대인.

행복을 곁에 두고도 다른 곳을 찾아 헤매다가 일찍 지쳐 버린 현대인.

벌어 놓은 재산을 그저 쌓아 놓기만 했지 정작 써보지도 못하고 자식들 재산 싸움으로 갈라서게 만드는 이상한 부자들이 너무 많이 존재하는 세상이다.

시간을 내어 훌쩍 떠나면 그만인 것을, 앉아서 온갖 계산

에 머리 싸매 가며 소중한 여행의 기회도 없애 버리는 중병
에 걸린 현대인.

앞뒤가 바뀐 지나친 꿈에서 깨어나야 한다.

그것이 바로 행복을 찾는 길이다.

마당에 씩씩하게 자라고 있는
마로니에, 계수나무, 칠자화(좌
측부터 시계 방향)

비움과 버림

책장에 빼곡한 책들…
옷장을 가득 메우고 있는 옷들…

솎아내어 버릴 것은 버리고 재활용으로 내놓을 것은 내놓아야 한다. 비움이 있어야 새로운 책과 옷이 들어올 수 있다.

마음에 덕지덕지 붙어 있는 욕심도 버려야 한다.
욕심은 근심·걱정을 부르고, 때로는 화까지 부른다.

생활 주변과 마음속을 살펴서 비우고 버려야 한다.

오늘도 주위를 살펴본다.
버릴 것이 무엇인지?
비울 것은 어떤 것인지?

평소 섬기고 있는 나의 수목장감 1호 소나무

Chapter 5

집 안 소나무 밑에
수목장을

-내가 하늘나라로 가게 될 때는 평소 애착을 가지고 가꾸었고 익숙한 곳인
여기 전원 소나무 밑에 작은 납골함을 만들고 깊이 잠드는 것도 괜찮을 듯하다-

자유와 외로움을 합하면 '자유로움'

산 속에 혼자 기거하다 보니 자유는 충분하다.
그런데 조금은 외롭기도 하다.
그러나 외로운 가운데에 자유가 있는 게 아닌가!

외로움 사이를 파고드는 맑은 공기, 눈부신 햇살, 시원한
바람, 상큼한 풀냄새, 코를 찌르는 꽃들의 향기.

고개를 들면 푸르디 푸른 하늘, 어디론가 흘러가는 구름.

밤이 되면 쏟아질 것만 같은 수많은 별들, 유난히 가깝게
떠 있는 노오란 달님.

이들이 다 친구 아닌가!
말이 없어도 통하는 무언의 친구들….

시골에서 사노라면 흙, 풀, 나무, 꽃, 바람, 비, 구름, 하늘, 숲, 별, 달 어느 누구와도 친구로 지내게 된다.

　그중 제일은 낮에는 꽃이요. 밤에는 별이리라.

　'자유'와 '외로움'은 친구이다.
　그 둘이 합쳐지면 '자유로움'이 된다.

현관 입구를 지키고 있는 복숭아 꽃(우측)과
수사 해당화(좌측)

듬직한 소나무들과 그 밑을 지키고 있는
빨간 명자나무꽃과 노란 수국들(흰색 기둥
은 '자작나무')

따뜻한 말 한마디

'내가 왜 그런 말을 했을까?' 싶은 취중 실언도 곰곰이 생각해 보면 한 번쯤 내 마음에 담겨 있던 생각임을 깨닫게 된다.

내면의 수양이 부족한 사람은 말이 번잡하고 거칠다.

삶의 지혜는 듣는 데서 비롯되고 삶의 후회는 대개 말하는 데서 시작된다.

남의 말을 듣기를 2배로 하고 남의 험담을 절대로 하지 말아야 한다. 그래서 입은 하나인데 귀가 2개인지도 모른다.

칼에 찔린 상처는 시간이 지나면 낫는다.
말에 찔린 상처는 오래도록 마음속에 남아있다.

험한 말은 매서운 칼날과 같다.

상대방에게 큰 상처를 준다.

서로의 마음을 헤아릴 수 있는 유일한 수단이 따뜻한 말 한마디다.
악담에 서린 매서운 칼날이 마음을 베듯이, 따뜻한 말 한마디에 담긴 신비한 힘이 지친 마음을 위로할 수 있다.

주변 사람들에게 따뜻한 말 한마디가 필요한 때이다.
'상대가 거칠게 말을 하더라도 나는 항상 따뜻하게 말하리라.' 다짐해 본다.

나무에 새겨서 황토찜질방 안에 걸어둔 글씨(금란지교)로 '황금처럼 단단하고 난초의 향기처럼 아름다운 사귐'을 뜻하는 말로 '서로 마음이 맞고 교분이 두터워서 어려운 일도 함께 극복할 수 있는 깊은 우정'을 의미한다.

자녀들에게 당부 몇 가지

강원도 어느 스키장에서(왼쪽에는 외동딸)

ㅇ 첫째, 약속 장소에는 20분 먼저 도착하여 기다려라.

그냥 만나는 약속이든, 식사 약속이든, 상대방이 누구든지 20분 먼저 가서 주변을 살펴보고 기다리는 게 좋다.

내가 20분 손해 보는 것이 아니라 상대방에 대한 존중과 배려이기 때문이다.

그래서 내 시계(집과 사무실의 벽시계와 손목시계)는 모두 20분을 앞당겨 놓았다.

그러면 약속 시간에 절대로 늦지는 않게 된다.

ㅇ 둘째, 15분 먼저 서둘러라.

무슨 일이든 다른 사람보다 15분 먼저 서둘러 시작해라.

ㅇ 셋째, 주위 사람들에게 식사 대접을 많이 하라.

'박사' 위에 '밥사'라는 말이 있다. 어떤 장소이건 밥값을 먼저 계산하면 좋다. 밥값 많이 내서 망한 사람은 없다.

○넷째, 약간 손해 본 듯이 살아라.

내 몫을 따져서 다 가지려고 하지 마라. 사소한 일에도 손해 보지 않으려고 기를 쓰고 아등바등 살아서는 안 된다. 그러면 주변 사람들이 그 심성을 다 알게 된다.

지금 당장은 내가 손해를 보는 듯하지만, 나중에는 큰 이득이 되어 돌아올 수도 있다…….

둘이 나누어 할 일이라면 딱 절반만 하려고 하지 말고 60% 정도를 내가 하도록 한다.

○다섯째, 다른 사람의 잘못은 관대하게 용서하고 자신의 실수는 빨리 사과하라.

○여섯째, 말은 적게하고 듣기를 2배로 하며 많이 웃으면서 항상 유머감각을 가져라.

○끝으로, 어떤 사람과도 싸우지 마라. 험악한 말로 시비를 걸어와도 그냥 피하면 된다. 충돌하여 싸우면 서로 원한이 남게 된다.

집 안 소나무 밑에 수목장을

나이가 들어갈수록 어떻게 떠나야 좋을까? 가끔 생각하게 된다.

경기 가평의 자그마한 땅에 6평짜리 황토방을 가져다 놓았다. 마당에 나무도 가꾸고 텃밭도 일구면서 힘 닿는 날까지 지내고 싶다.

고향 선산에 매장을 하는 방법, 가까운 묘원에 매장을 하는 방법, 화장을 하여 공원 묘지에 안장하는 방법, 수목장을 하는 방법, 화장한 후 납골당에 안치하는 방법 등등을 고민해 본다.

그런데 마침 주말 농장으로 애용하는 가평 땅에 듬직한 소나무 9그루가 울타리를 따라 병풍처럼 서 있는 게 아닌가!

옳지, 잘 되었다 싶다. 화장을 하여 유골을 '한지'에 넣은 다음 소나무 밑에 묻으면 '집안수목장'이 되는 것이다. 너무 금새 없어져 버리는 것이 아쉽다면 화장한 유골을 옹기에 넣어 질소 충전을 한 후 밀봉한 다음 소나무 밑에 돌로 자그마한 함을 만들고 그 안에 안치하면 좋을 듯하다. 그리고 돌 전면에다 얼굴 모습의 윤곽만을 잡아 캐리커처로 음각으로 새겨 넣고 그 옆에는 몇 줄의 시라도 적어 넣으면 좋을 듯하다.

한번 초안을 잡아본다.

소나무(좌측)와 전나무(우측 2개), 그 앞에는 '능소화'

사람보다 오래 살아가는 마당의 푸른 나무들

박朴 영泳 목穆

PARK YOUNG MOK

(1956.9.14.生~2056.9.13.卒)

충북 옥천에서 태어나
대전을 거쳐 서울로···
공직근무·변호사 일을 하셨고
가족들과 함께
세계여행을 좋아하신 아버지

새처럼 자유롭고
꽃처럼 향기로우며
나무처럼 듬직하고
별처럼 반짝이는
삶을 살아온
자유로운 영혼
그 향기를 남기고
한 줄기 바람 되어
여기 머물다

스키·수상스키/스노우보드·웨이크 보드, 골프 등
모든 스포츠를 자녀들과 함께하였고
노년에는 전원생활과 목공일까지····

이제 모든 걸 내려놓으시고 편히 쉬세요!

내가 먼저 시작하면 '소나무 밑 가족 묘원'이 되리라. 그래야 자손들이 아무래도 자주 찾아올 듯하다. 멀리 공원묘원에 있으면 명절 때 한두 번 오다가 오래 지나면 아예 오지 않을 수도 있을 것이다. 그러나 여기는 나의 손길과 땀이 어린 곳이요, 내가 직접 제작한 여러 소품들과 글씨, 온갖 과실수(사과·배·살구·복숭아·밤·은행·보리수·앵두·매실·자두·블루베리·오디·복분자 등등)와 여러 가지 꽃나무들이 있지 않는가!

혹시, 먼 훗날 이 땅을 처분할 일이 생긴다면 소나무 밑에 안치한 납골 석관과 유골만을 옮겨 가면 될 일이다.

'죽은 사람이 무얼 알겠냐?'마는 자식들이 자주 와서 떠나간 부모를 소재로 이야기도 나누고 음식도 나누어 먹고 하다 보면 가족 간에도 친분이 더욱 두터워질 테니 그걸 바랄 뿐이다.

자손들이 여기를 올 때마다 소나무 밑으로 와서는 아버지! 저 왔어요! 또는 할아버지 손자 왔어요!라고 인사라도 건네 줄 테니 이 또한 서로 좋지 않겠는가!

자주 오도록 하려면, 과실이 많이 열리도록 잘 가꾸고 남은 생 동안 자식과 손자들에게 더욱더 잘해 주어야겠다. 깊은 추억들이 차곡차곡 쌓이도록!

　오늘은 소나무 9그루 중 제일 듬직한 소나무를 하나 골라 두어야겠다. '아버지 나무'라고 이름표도 붙이고….

가운데 하늘 높은 줄 모르고 높이 올라가는 나무가 '낙엽송'이고 그 우측이 필자의 수목 장감1호 '조선소나무'이다

봄·여름·가을·겨울
언제나 아름다운 산

용문산 정상 패러글라이딩

봄이 오면 연한 초록빛 얼굴로 변하기 시작하면서 어느덧 노오란 산수유와 개나리, 분홍빛 진달래가 먼저 봄을 알리고 새하얀 벚꽃이 군데군데 울긋불긋 수를 놓는다.

여름이 되면 진녹색의 울창한 숲들로 우거져 시원한 그늘 산이 된다.

가을에는 총천연색으로 물든 단풍이 꼭대기에서부터 옷을 갈아 입는다.

겨울에는 흰 눈을 뒤집어쓴 채 새하얀 왕국을 짓는다.

봄 여름 가을 겨울
언제나 산은 '내게로 오라'고 손짓을 한다.

봄에는 부드럽고 고운 미소로, 여름날엔 시원한 바람으로, 가을엔 뜨거운 색깔로, 겨울엔 하얀 손으로 나를 부른다.

산에 오를수록 욕심도 줄어들고 마음도 가벼워지고 몸도 건강해진다.
그런데 우리네 삶이 고달프고 힘든 건 왜일까?
너무 높은 곳을 향해 오르고 있기 때문이리라.

이룰 수 없는 꿈을 꾸고, 이길 수 없는 적과 싸우고, 남은 인생에 다 쓰고 죽을 수도 없는 재산을 계속하여 모으느라 욕심을 내고 있어서일 게다.

이제라도 꿈을 낮추고, 미운 사람도 용서해주고, 재산도 정리하고, 욕심도 내려놓아야 할 때이다. 그래야만 행복과 기쁨이 찾아 들어올 공간이 생길 테니까.

인생 최고의 가치는 자유와 행복이다.

대문 옆에 저절로 피어난 나리꽃들

운동 중독

마당의 나리꽃

대개의 중독은 모두 나쁘다.
담배, 도박, 일, 여행….

그러나 운동 중독은 그나마 괜찮은 편이다.
헬스 중독, 테니스 중독, 골프 중독….

모든 중독에는 쾌감이 있어서 빠져들게 된다.
도박광에게는 어쩌다 터지는 잭팟의 대박, 낚시광에게는
어쩌다 잡히는 대어의 쾌감이 있다. 골프에도 어쩌다 한 번
맞이하는 오늘의 샷(shot of the day)은 엄청난 쾌감을 선사하고,
그 맛을 잊지 못해 또다시 골프장을 찾는다.

쾌감은 모든 유기체의 생존을 위하여 만들어진 보상 체계
일 것이다. 즐겁고 유익한 경험을 맛보게 하고 이를 학습하

게 하는 진화적 장치일 것이다. 신(神)이 인간에게 식욕과 성욕을 설정한 것도 생존과 번식에 도움이 되는 욕구를 충족시키는 행동을 하면 그 보상으로 흥분과 만족감을 제공하여 그 행동을 계속하게 만드는 시스템일 것이다.

도박에서 엄청난 대박이, 골프에서는 기가 막힌 샷이 언제 나올지 전혀 예측할 수 없기 때문에 어쩌다 한 번 터져 나온 행운은 짜릿한 쾌감을 줄 수밖에 없다.

그 흥분과 황홀감을 10년이고 20년이고 기억하게 된다. 그 맛을 노려 보고자 비싼 돈을 지불하면서도 가끔 골프를 나가는지도 모른다.

골드CC에서 PAR4코스를 한 번에 HOLE-IN하여 받은 '알바트로스' 증서와 경기도 어느 골프장에서 우승하여 받은 '클럽 챔피언' 트로피

재경 옥천 향우 골프대회에서 71타로 우승

나이 듦의 특권은 자유로워지는 것

마당의 장미꽃과 푸른 하늘

나이가 든다는 것은, 야심이나 경쟁으로부터 자유로워지는 것이다.

과거를 돌아보며 후회하지 않고 미래를 생각하며 불안해지지 않기 위해서는 오늘 하루를 오로지 오늘을 위해서만 살아야 한다. 과거를 모두 잊고 내일 죽을 것처럼 오늘을 살면 된다.

나이 든 사람은 그 사람이 축적한 지식과 경험을 통하여 존중받아야 한다.
젊은이를 방해하지 않고 존경받는 현명한 멘토가 되어야 한다.

인생은 마라톤이 아니고 춤이다.
죽음이라는 결승점을 향하여 지루하게 계속하여 달려가는

마라톤이 아니다. 살아가면서 기쁜 일이 있거나 좋은 사람을 만나면 춤을 추면서 그 순간순간을 즐겨야 한다.

인생은 춤이다.
특히 노년에는 매일같이 춤을 추듯이 기쁜 마음으로 살아가야 한다.

남해 삼천포 앞 섬에서

집 안에 핀 나리꽃

집에서 편백나무로 제작한 벤치프레스

행복은 누구나 원한다

마당의 장미꽃

권력이나 명예, 재산 등 다른 모든 것들은 원하는 사람이 있고 원하지 않는 사람도 있다.

그러나 행복은 누구나 원한다.

권력·재산·명예·소유의 노예에서 벗어나야 정신적 행복이 온다.

사랑한다는 것은 위해 주는 것이다.

서로에게 용기를 주고 서로를 배려하고 보살펴 주는 것이 사랑이다.

아이들 키우느라 고생하면서도 사랑이 있었고 그 시절이 가장 행복하였다. 결국 '사랑이 동반되는 힘든 시절' 그 안에 바로 행복이 들어있었다.

황토구들 찜질방(약 2평)을 만들고 땀을 내면서 '마음을 다스리는 방'
이란 뜻으로 '淸心堂'이란 팻말을 써 붙이고 체험용 '목관'(좌측 하단)
도 제작해놓고 가끔씩 들어가 보기도 한다

Chapter 6

꼰대와 멘토

-나이가 들어가면서 꼰대가 되기 쉽다, 젊은 이들이 함께 어울리려고 하지 않는다.
무게를 잡고, 과거 잘나가던 때를 많이 이야기하고 권위주의적이기 때문이리라.
이를 벗어나 멘토 역할이 되도록 노력할 일이다-

꿈나무에서 어르신으로

꿈나무 소리를 들었던 게 엊그제인데 눈 몇 번 감았다 떴더니 어느새 '어르신'이 되어 있다. 얼마 전에 받은 '어르신 카드'를 가져다 대니 지하철이 공짜이다.

언제 죽을지 모르기 때문에 우리는 삶이 무한하다고 여기기 쉽다.

누구에게나 남아 있는 삶의 기간은 정해져 있다.
인간은 유한한 존재이기 때문이다.

어떤 날의 하루는 당신의 인생에서 절대 잊지 못할 날일 것이다.
매일 같이 잊지 못할 날들의 연속이 되도록 해야겠다.
내일 떠나가 버릴지도 모르니,

매일매일을 내일 죽어도 후회가 없도록 찰지게 살아야겠다.

2023년 봄 경기 포천의 어느 골프장에서 청와대에서 함께 근무했던 고위관료분들과 (우측 2번째가 필자, 그 좌측은 정연찬 전 식약청 차장, 우측은 봉 욱 전 대검 차장 좌측은 최성남 전 울산 지검 차장)

마당에서 초등학교 동창생들과(뒷줄 좌측에서 3번째가 필자)

타이밍(Timing) 맞추기

집 근처 홍천강변에서 등
갈비 찜을…

모든 일에는 타이밍이라는 게 있다.

중고등학교 때 어머니께서 "얘야, 공부도 때가 있는 법이
다" "지금 이때 열심히 해야지, 나이들어서는 못 하는 거여!"
라고 하시는 말씀을 귀에 못이 박히도록 여러 번 들은 기억
이 지금도 생생하다.

'나중에 돈 번 후에 공부하면 되겠지' 하고 미루었다가는,
'그때가 되면 나이도 들었고 장가도 가야 하고 이런저런 복잡
한 일이 생겨서 학업을 계속할 수 없다'는 뜻이었다.

축구에서도 골을 넣기 위해서는 절묘한 타이밍을 잡고 볼
을 차야 한다. 야구는 물론 골프에서도 똑바로 멀리 보내려
면 임팩 순간에 스윙의 타이밍이 맞아 떨어져야 한다.

바다에서 항해를 하거나 조개류를 채취할 때도 썰물과 밀물의 타이밍을 정확하게 알고 행동하여야 한다.

즉, '물때'를 알아야 한다.

타이밍이라….
우리말로는 "최적의 순간"이다.

불을 끄는 소방도, 국민을 위한 정치도 모두 타이밍이 중요하다.
고기를 구울 때도, 파전을 부칠 때도 '뒤집는 타이밍'이 맛을 좌우한다.

모든 일에 타이밍을 잘 맞추어 최대의 효과를 보도록 해야겠다.

강원도 속초 설악산 자락의 어느 골프장에서

반려견 '루키'('닥스훈트' 종으로 청평호를 바라보면서 깊은 생각에 잠겨 있다)

정원은 최고의 학교

정원 사우나실 앞 마루에 나무로
제작한 '냉탕'

자기의 정원을 가꿀 줄 아는 사람은 인생을 아는 사람이다.

마당 가운데에는 잔디를 심었다.
울타리 주변에는 키가 높이 크는 나무를 심었다.

우선, 큰 소나무를 전진 배치하고 그 다음에는 하늘 높이 올라가는 낙엽송과 하얀 자작나무를 심었다.

그 앞에는 1년이면 2미터씩 자라나는 충충나무와 가을에 탐스러운 알밤을 주울 수 있는 밤나무를 여러 그루 심고 오래도록 장수하는 은행나무와 대추나무를 심었고 그 앞줄에는 과실수로 떡 살구나무, 신고 배나무, 자두나무, 복숭아 나무를 심었다.

그 앞에는 블루베리, 아로니아, 앵두나무, 산수유, 보리수를 심었고 모퉁이에는 향기가 엄청난 라일락과 탐스러운 흰 꽃으로 봄을 알리는 목련을 심었다. 반대편 울타리에는 매실나무와 모과나무를 심고 구석진 모퉁이마다 메타세콰이어, 편백나무를 심었다.

내가 심은 나무들이 굳건하게 자라나는 것을 보는 재미가 쏠쏠하다

자엽 안개나무, 수사 해당화, 모감주나무, 사랑주나무, 풍년화, 행운목을 심고 최근에는 황금 회화나무, 칠자화, 황금 사슬나무, 목백일홍(배롱나무)을 심었다. 복자기 단풍, 생강나무도 심었고 담장 울타리에는 높이 올라가는 능소화, 넝쿨장

마당의 나무와 꽃들(수국, 우측 사진은 노랑꽃 창포)

미를 심었다. 축축 늘어지는 모습이 멋진 수양단풍과 수양오
디도 심었다.

이쯤 되니 '수목원'처럼 되어 버렸다.
내가 심은 나무는 더 예뻐 보인다.

운치 있는 마로니에도 예쁜 자태를 뽐내고 있고 이팝나무
도 잘 자라고 있다. 나무들 사이는 뭉실뭉실 피어나는 흰 꽃
이 탐스러운 수국(당나라 시인 백거이가 보았다는 '신선의 꽃')과 꽃 봉우
리가 큰 유럽 수국으로 메꾸었다. 진달래와 철쭉과 영산홍도
자기 색깔을 뽐내고 있다.

자연은 가장 자연스러운 방식으로 존재할 때 가장 아름답다.

마당 한 쪽에 피어난 진달래 꽃

당신은 보스인가 리더인가

경우회관 건립기금 명단(저자 '박영목'의 이름이 새겨져 있다)

리더는 구성원을 감동시킨다.
보스는 아랫사람을 강제로 복종시킨다.

리더는 대중의 눈으로 세상을 본다.
보스는 자기 눈으로만 세상을 본다.

리더는 자기 의견에 반대하는 사람을 가까이한다.
보스는 자기와 의견을 달리하는 사람을 미워한다.

리더는 대화를 즐기고 타협을 잘한다.
보스는 타협을 모르고 대화를 거부한다.

리더는 무엇이 잘못되었는가를 알려준다.
보스는 누가 잘못하고 있는가를 지적한다.

리더는 일과 삶을 모두 즐길 줄 안다.

보스는 일에만 몰두한다.

필자가 공직을 떠날 때 언론보도

집 뒷뜰에 핀 새하얀 목련 꽃

결혼은 위험한 일인가

'전쟁터에 나갈 때는 한 번 기도하고, 배 타러 나갈 때는 두 번 기도하고, 결혼할 때는 세 번 기도하라'는 러시아 속담이 있다.

결혼이 전쟁터에 끌려 나가거나, 배를 타고 멀리 나가는 것보다 훨씬 위험한 일이라는 뜻이다.

'판단력이 부족해서 결혼하고, 인내력이 없어서 이혼하고, 기억력이 흐려져서 재혼을 한다'는 말이 있다.

마음에 쏙 드는 사람 온전히 사랑하는 사람을 골라서 결혼할 일이다. 그래야 행복이 보장될 테니…

요즈음에는 이혼하는 부부들이 너무나 많다.

필자의 가족들(장남은 호주 유학 후 대기업에 근무하고, 딸은 한의사로, 막내는 미국 Columbia 대학 물리학 박사로 삼성종합기술원 '연구원'으로 있다.

대문 앞에 핀 '산나리'

변화와 개혁에 대하여

기성 세대는 긍정적인 사고와 행동주의가 몸에 배어 "하면 된다"는 철학이다.

요즘 MZ세대는 안정에 대한 열망이 너무 크기 때문에 "되면 한다"고 주장한다.

끝까지 살아남는 사람은 '가장 강한 자'도 아니요, '가장 현명한 자'도 아니요, '변화할 줄 아는 사람'이다.

변화는 고통과 위험을 수반하지만 성장을 가져오는 것은 오로지 변화를 통한 개혁밖에 없다.

도전은 삶에 건강한 맥박을 부여하고, 활기를 준다.

도전하는 삶은 젊고 푸르다.

개인의 삶을 변화시키는 것에 그치지 않고 세상을 변화시킨다.

이 세상은 도전하고 모험하는 사람들에 의하여 발전해 왔다.

자동차와 항공기를 누가 만들었는가?

'할 수 있다'고 믿고 도전한 사람들이 창조해 낸 것이다.

출판 기념회(앞줄 가운데가 필자)와 국회 도서관 저서 기증

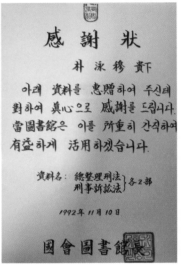

Scuba-Diving에 도전하여 '강사' (instructor) 자격까지 취득(사진은 제주 모슬포 앞 바닷속)

꼰대와 멘토의 차이

청평호수

꼰대의 하루는 복잡하고 항시 바쁘다.
멘토의 일정은 단순하며 생각하는 시간이 많다.

꼰대는 막 떠들고 멘토는 과묵하다

꼰대는 잘난 척을 하고(나 때는 말이야…)
멘토는 언뜻보면 '바보인가?'싶을 정도로 겸손하다.

꼰대는 묻지 않는 것도 가르쳐 주려고 한다.(너 잘 되라고 하는
말인데…)
멘토는 묻는 것만 말해준다.

꼰대는 자신의 성공담을 자랑한다.
멘토는 자신이 실패한 것을 설명해 준다.

꼰대는 잘나가던 과거를 말한다. (내가 왕년에…)
멘토는 현재와 미래를 이야기한다.

꼰대는 듣는 이에게 지루함을 주고
멘토는 듣는 이에게 깨달음을 준다.

꼰대는 만나는 사람마다 가르치려 든다.
멘토는 그 누구도 가르치려고 하지 않는다.

사람은 나이만으로 늙지 않는다.
호기심과 열정을 잃을 때 비로소 늙는다.

꼰대는 나이가 들면 귀를 닫고 새로운 것을 접해도 시큰둥하고 관심이 없게 된다.

멘토는 다른 사람들의 말에 귀를 기울이고 호기심과 열정이 가득하다.

꼰대는 '요즘애들'이란 말을 자주 사용하고, 커피 잔을 들고 출근하는 신입사원을 보면 기분이 나쁘다.

당신은 진정한 멘토인가?

싫은 이유, 좋은 이유

마당에 열린 복숭아(황도)

싫은 것에는 오만가지 이유가 있지만, 좋은 것에는 딱히 이유가 없다.

'좋은 걸 어떡해 그냥 네가 좋아 이유도 없이 좋아'라는 노랫말도 있지 않은가!

처음 대하는 사람을 보고 좋다/싫다로 규정할 때까지 1분 이내가 걸린다고 한다. 그만큼 첫인상이 중요하다는 뜻이다.

인상과 웃는 모습도 좋겠지만 변하지 않는 것은 '말투'이다.

말을 할 때 나타나는 고유의 말투와 억양, 목소리, 제스처가 호·불호를 결정짓는 것으로 보인다.

상대방의 호감을 얻기 위해서는 웃는 얼굴, 편안한 모습, 생동감 있는 말투가 중요하다.

처음 만난 의뢰인이 나한테 "어디서 많이 본 사람 같다"고
할 때가 많다.

편안한 이웃집 아저씨 같은 모습이어서 그런 것 같다.

경찰청 강당에서 강의 중인 필자(형법의 '공정증서 불실 기재죄'를 설
명하고 있다)

품격 있고 정제된 언어 구사

필자의 스피드보트(수상
스키를 끌 수 있다)

어느 의뢰인이 형사 사건에서 무죄를 주장하면서 30장이 넘는 글을 써서 재판장에게 제출하였다. 재판장이 "이렇게 글을 써내면 내용을 파악하기 어렵습니다. 되돌려 드릴테니 변호인을 통하여 정제된 언어로 작성하여 제출해 주세요" 하였다.

말은 그 사람의 품격이다.
언어는 곧 정신이다.

사용하는 언어가 그 사람을 드러낸다. 써 내려가는 카카오톡이나 문자 메세지가 그 사람의 수준을 나타낸다.
내뱉는 말과 사용하는 문자 글을 보면 무식한지 유식한지 해박한지 곧 드러난다.

생각을 신중히 하라. 생각하는 대로 말이 된다.

말을 조심해라. 행동이 된다.

행동도 조심해라. 습관이 된다.

습관을 조심해라. 성격이 된다.

성격도 주의해라. 운명이 된다.

품격 있고 정제된 언어를 생활화해야겠다.

앞으로도 더욱 조심하여 기왕이면 유머가 섞인 멋진 말을 하도록 하고 절제된 문자를 보내도록 하여야겠다.

잘 정돈한 잔디 마당

홍천강에서 '카약'을

내가 직접 지은 2층짜리 원두막과 올라가는
사다리(높은 2층에서 주변 경치를 내려다
보면서 먹는 음식과 술맛이 특별하다)

Chapter 7

예민함보다는 둔감하게

-이제 모든 면에서 예민함으로부터 벗어날 때이다.
다소 둔감해질 필요가 있는 나이이다-

삶의 가치관

첫째, Erich Fromm의 "소유냐 존재냐(To Have or To Be)."를 화두로 삼고 소유에 집착하지 말고 존재를 중시하자.

사랑하는 사람조차도 소유하려고 해서는 안 된다. 토지나 건물 등 죽어있는 물건을 소유하고 등기를 하기 위하여 내 삶을 허비하지 말자!

둘째, 늘 가슴속에 "일체유심조"(一切 唯心造)라는 말을 새기고 살아가자.

어떤 일이라도 해내고자 하는 마음가짐으로 임한다면 반드시 해낼 수 있다.

셋째, 인생 최고의 가치는 자유와 행복임을 명심하자.

삶의 최고의 가치는 자유로움 속에서 행복함을 느끼는 것이다.

예민함에서 벗어나라

인생에서 가장 후회되는 것은 "너무 걱정만 하면서 살았구나!"일 게다.

예민하고 자존심이 강한 사람일수록 불평·불만이 많고 걱정도 더 많이 한다.

노심초사 걱정을 많이 할수록 몸과 마음의 스트레스로 인하여 각종 통증과 염증이 많이 생기며 우울증에 시달리게 된다.

정말 행복해지고 싶은가?
예민함과 민감함에서 벗어나라.
조금 둔감하게 살아라.

예민한 탓에 인간관계를 쉽게 이끌어 가지 못하는 사람, 직장에서 상사나 동료와 갈등을 겪는 사람, 사소한 걱정에

밤잠을 설치는 사람, 늘 신경이 곤두서 있는 사람. 이들 모두는 매사에 둔감해질 필요가 있다.

가정에서나 직장에서나 대인관계는 물론 건강 문제까지 모두 술술 풀리는 사람은 사소한 일에 크게 반응하지 않는 '둔감력'을 가지고 있다.

짧은 인생을 너무 걱정만 하면서 살 일은 아니다.
둔감하게 넘어가는 마음! 이것이 행복하게 살아 내는 원천이다.
실제로 우리가 늘상 하는 걱정거리의 90% 이상은 내 힘으로 어쩔 수 없는 일들이다.

따라서 오늘도 둔감해질 필요가 있다. 짧은 인생, 더욱 행복하기 위해서.
예민한 사람은 사소한 일에도 스스로 중상을 입는다.
그러나, 둔감한 사람은 경상조차 입지 아니한다.

당신은 어떤 사람인가?
예민한가? 아니면 둔감한 편인가?

예민한 성격이라면 매사에 손해를 보기 쉽다.

과거를 후회하고 미래를 걱정한다

많은 사람들이 과거를 후회하고 미래를 걱정한다.

내 몸은 지금 이곳에 있는데, 마음은 과거로 돌아가서 후회를 하고 앞으로 나가서 미래까지 걱정하고 있다. 마음도 몸이 있는 곳인 '지금 여기(Now&Here)'에 있어야 후회나 걱정·불안 없이 참다운 행복을 추구할 수 있게 된다.

좋았든 싫었든 과거는 이미 흘러갔다.
걱정되건 설레건 미래는 아직 오지 않았다.

과거에 집착하고 미래를 걱정할 필요는 없다.
오늘의 행복을 찾는 것이 중요하다.

당신은 어떠한가?

과거를 후회하고 미래를 걱정하면서 살고 있지는 아니
한가?

'황토구들 찜질방'으로 아궁이에 장작불을 지피고 뜨끈
뜨끈한 황토방에서 땀을 내면서 '마음을 맑게 한다'는
뜻으로 '청심당'이라고 문패를 새겨서 달았다

시간을 어떻게 활용할 것인가

마당에 핀 '해당화'

누구에게나 하루는 24시간 부여된다.
따라서 인간은 시간 앞에 평등한 존재이다.

시간을 어떻게 보낼 것인가는 선택과 집중의 문제이다.
인생의 성공 여부는 '한정된 시간을 어떻게 활용하는가?'
에 달려있다.

중요한 일과 중요하지 않은 일을 구분하고 시간의 우선순
위를 정하여 일 처리하는 것이 요체이다. 또한, 서두를 때와
기다릴 때를 구분할 줄 알아야 한다.

시간에 예속된 사람은 늘 시간에 쫓기고 시간의 지배를 받
으며 허둥지둥 살게 된다.

시간에 대한 '자기 결정권'을 갖는 사람은 시간을 지배하며 살아간다. 우선순위의 결정, 선택과 집중에 의한 시간 활용이 그 사람 인생의 성공 여부를 결정한다.

오늘도 시간을 잘 활용해 보자.

우선순위를 먼저 정하고….

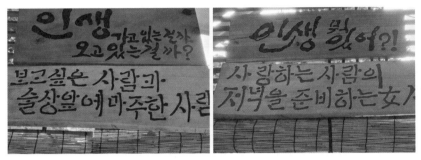

인생이란 무엇인가? 가장 행복한 사람은 누구일까?

① 지금 막 예술 작품을 완성한 예술가

② 하루일과를 마치고 따뜻한 물로 목욕을 하고 나온 사람

③ 김이 나는 차 한잔을 마주하고 앉은 사람

④ 어린 아이에게 젖을 물리고 있는 엄마

등일 것이다. 내 생각에 으뜸은 '보고 싶은 사람과 술상 앞에 마주앉은 사람'이고 그 다음은 '사랑하는 사람의 저녁을 준비하고 있는 여인'일 것이다. 왜냐하면 그 다음에 술을 주거니 받거니 하면서 이어질 하고 싶은 말들과 사랑하는 사람이 오면 함께 저녁을 들면서 주고 받을 대화와 그 다음 일까지 상상이 되기 때문이다.

변호사는 슬픈 존재인가

어느 봄날에 핀 앞뜰의 '철쭉'과 '진달래'

변호사는 슬픈 운명이다.

의뢰인을 대신하여 엄청난 고민을 하여야 하고, 의뢰인을 대신하여 분노도 해야 하며 가끔은 의뢰인을 대신하여 피해자(성범죄 등)에게 사과도 해야 한다. 하루는 24시간인데 조사에 참여하고 의뢰인을 접견하고 재판에 출석하다 보면 정작 서면 쓸 시간은 턱없이 부족하다.

하나의 사건만을 맡은 것이 아니므로 이 사건을 하면서 저 사건도 걱정을 해야 한다. 그러다 보면 어제도 오늘도 서류 보따리를 들고 집으로 간다.

변호사에게는 또 서면의 질보다는 속도가 중요하다. 아무리 좋은 서면이라도 기한을 놓치면 아무런 소용이 없는 것이 된다.

변호사들에게는 수많은 사건 중의 하나에 불과하지만, 의뢰인으로서는 '평생 한 번 있을까 말까?' 한 일이다. 그러할진데 어느 사건도 소홀하게 서면을 작성할 수는 없다. 사건 내용이 복잡하건, 단순하건, 보수를 많이 받았든지, 적게 받았든지 모두 다 성심성의껏 서면을 작성하여야 한다.

어느 의뢰인이 나에게 말했다.
"상담하고 복잡한 서면을 쓰고 법정에 나가서 변론하는 것을 직접 겪어 보니까 저는 공부하기 싫어서 변호사 안 된 것이 천만다행인 것 같습니다."

맞는 말이다. 변호사일, 너무 힘들고 머리 아픈 일이다. 복잡하고 어려우니까 변호사에게 돈을 주고 맡겼을 테니까 말이다.

변호사 동료들을 보면 자녀들을 변호사 시키는 경우는 거의 없다. 본인이 너무 힘들어서일 것이다. 의사·한의사·치과의사·수의사를 선호한다.

나는 오늘도 의뢰인의 일을 하느라고 분주하고 힘들다. 변호사는 '삶과 영혼을 갈아 먹히는 직업'인지도 모른다. 사건을 맡은 날부터 그 결과에 대한 강한 압박감이 있다.

그래도 어쩌다 크게 알아 주시는 고객분이 계신다. 과일도 사 오시고, 격려도 해주신다. 그럴 땐 변호사도 괜찮은 직업이다. 그동안 쌓인 스트레스가 싹 날아간다.

　다양하게 많은 사람들을 만나는 것도 큰 장점이다. 물론 마음에 맞는 의뢰인도 있고, 그렇지 않은 사람도 있다. 하지만 그게 인간사회 아니겠는가? 자신의 생각과는 다른 다양한 사고를 접하면서 내 사고의 크기도 커진다.
　나는 의뢰인을 돕는 변호사로서 오늘도 용기를 내어본다.

영화 '보디가드(The Body Guard)'의 주제가로, 가수 겸 배우인 휘트니 휴스턴(Whitney Houston)이 구성지게 부른 노래로 그 뜻이 좋아서 나무에 새겨 보았다.

우리 모두 언젠가는 죽을 텐데

'만족할 줄 알면 욕되지 아니하고 멈출 줄 알면 위태롭지 아니하다'는 뜻

누구도 죽음에서 벗어날 수는 없다. 이 세상에 왔다가 저 세상으로 가는 길목에 있을 뿐이다.

우리 모두 언젠가 죽지만, 그 언젠가가 언제인지 모를 뿐이다.

따라서, 우리네 삶은 모두 시한부 인생인 셈이다.

길거리에서 어느 기독교인이 외치는 소리도 일리가 있다. "지옥이 엄청 무서워요. 우리는 한 치 앞을 내다볼 수 없어요. 언제 죽을지 모르는 겁니다. 따라서 지금 예수 믿고 구원받아 천국을 가셔야 합니다." 젊어서는 흘려듣고 말았는데 나이 든 요즘에는 일리가 있어 보인다.

우리 모두가 언젠가는 떠날 것인데 마음 편히 살아야겠다.

언젠가 죽을 확률은 100%이다.
그때를 미리 예측하지 못할 뿐이다.

오늘 하루도 축복으로 알고 열심히 살아야겠다.
'영원한 승리 영속적인 권력'은 없다. 항상 '나도 죽는다'는
것을 염두에 두고 미리 준비하며 겸손하게 살아가고자 한다.

'바람같이 물같이' 흘러가는 인생,
이제는 쉬어 갈 줄도 알아야 한다.
(이제는 '쉼표')

조물주의 심보

꽁꽁 얼어붙은 청평호수

　조물주가 인간을 만들 때 슬픔 반·기쁨 반, 쓸쓸함 반·행복함 반, 가난 반·부자 반으로 공평하게 반반씩 준 것 같다.

　기쁠 때가 있으면 슬퍼할 때도 있기 마련이고 쓸쓸하고 고독할 때가 있으면 재미있고 행복할 때도 있으며, 가난할 때가 있었으나 나중에 부자로 살게 될 때도 있게 된다.

　돈을 계속하여 모으기만 하다가 죽는 사람과 재산을 왕창 벌어놓고 써보지도 못하고 죽는 사람이 있다. 돈을 모으는 과정에서도 틈틈이 돈을 쓸 줄 아는 지혜가 필요하고 재산을 많이 모았다면 그 절반이라도 써 보고 죽어야 한다.

　본인만큼은 100살 넘게 살 줄 알고 계속 재산만 모으다가 어느 날 가 버리는 사람이 가장 어리석은 사람이다.

당신은 어떤 상태인가?

'목관'을 제작하여 가끔 들어가 보는 체험을 한다, 손
님들에게 한번 '체험해 보라'고 하면 껄껄 웃으면서 거
절한다

그대는 어떤 죽음을 맞이하고 싶은가

'쉬어가는 집'이란 뜻

잠은 깨어나게 될 죽음이다.

죽음은 깨어나지 못할 깊은 잠이다.

이래서 죽음은 '영면(永眠)'이라 하고 깊은 잠은 '숙면(熟眠)'이라 부른다.

살아있을 때 화해를 하고 작별인사도 하고, 따뜻한 밥 한 그릇 나누고 떠나는 Ending Party를 미리미리 할 일이다.

죽기 전에 자녀들과 여행을 많이 할 필요가 있다. "추억 유산" 물려 주기인 셈이다.

재산을 많이 물려주면 자식 간에도 싸움이 난다. '추억 유산 쌓기'가 제일 좋다. 추억은 아무리 많이 물려 주어도 자녀들끼리 싸울 일도 없다.

이제 나이도 들었으니 일상의 삶 속에 죽음을 끌어들여 보자.

평소 죽음과 친해져야 어느 날 갑자기 찾아오는 진짜 이별조차 행복하게 맞이할 수 있다.

웰빙(Well-Being)과 웰다잉(Well-Dying)은 한 몸에 있다.

웰빙에 몰두하다 보면 어느 날 웰다잉도 될 것이다.

삶을 아름답게 마무리하는 것 말이다.

당신은 어떠한가?

척 진 사람과 화해를 하였는가?

자녀들 혹은 주변 사람들과 추억은 충분히 만들고 있는가?

어떻게 살다가 어떻게 갈 것인가?

손님들에게 '한잔 마시고 자고 가는 집'이란 뜻

왜 사이비 종교에 빠져드는가

마당에 핀 '유럽수국'

지나치게 의존적인 사람들이 사이비 종교에 빠지기 쉽다. 이들은 현실에서 직면하는 불안·외로움·긴장감을 해소하기 위하여 의존할 대상을 찾아 헤맨다.

비현실적이고 망상에 가까운 기대감 속에 사는 사람들도 빠지기 쉽다. 이들은 비판 의식이 약해서 강력한 목소리에 그냥 이끌리고 복종한다.

결핍욕구에 시달리는 사람들도 빠지기 쉽다. 이들에게 혹할 만한 제안을 하면 그냥 빠져들게 된다. 세상의 모든 소망을 다 들어 주겠다고 설교하면 "교주의 종이 되도 좋다"고 맹세를 한다.

사이비 종교의 지도자들은 신도들을 친구로부터 차단하고

'폐쇄된 공동체' 안에서 살게 하면서 세뇌시킨다. 교주를 신처럼 섬기는 정신적 노예로 만든다. 교주에게 모든 것을 갖다 바치고 그에게 반대하는 자들은 '악마'라고 간주한다.

주변에 사이비 종교에 푹 빠진 사람은 없는가?
살펴볼 때이다.

'먼저 깨닫고 먼저 행동하라'는 뜻과 '마음이 통하는 사람과 한 끼 식사하는 것도 행복하다'는 뜻으로 필자가 임의로 만들어 본 글씨

2주간의 유격훈련 중 숙소(우측이 필자, 좌측은 윤중식 동기생)

자녀들 어렸을 때와 최근 모습

Chapter 8

자식에게 부모란

- 내 자녀들을 생각하며 몇 가지 떠오르는 상념들을 적어보았다-

자식에게 아버지란

자식에게 아버지는 신화와 같다.

아버지는 자녀들이 인생관·세계관을 만들어 가는 데 결정적인 역할을 하기 때문이다.

아버지는 팔이나 다리처럼 내 안의 일부이다.

알게 모르게 자식은 아버지의 영향 아래 놓여있다.

더 이상 부모 탓, 남 탓, 세상 탓 하며 인생을 허비해서는 안 된다.

잘났든 못났든 내 소중한 삶의 주인은 바로 나이기 때문이다.

자식은 아버지를 그리고 어머니를 이해하기 위하여 나이를 먹는다.

어릴 땐 아버지의 과격함이 무섭고 두려웠지만, 지금은 아버지가 넘치는 열정을 주체하지 못한 보통 남자였음을 이해한다.

나에게 아버지란 보고 싶은 존재이다.

모시고 여행도 함께하고 싶다.
맛있는 음식도 같이하고 싶다.
아침·저녁으로 사진 속 아버지(6.25 전쟁에 참전한 군복을 입고 있는 사진)를 보면서 대화를 하곤 한다.

좀 더 오래 사셨으면 얼마나 좋을까?
지금까지 살아 계셔도 충분한 나이인데….

여러 친구들이 '부친상'이라고 연락해 올 때마다 나는 하늘나라에 계신 아버지의 모습을 그려보곤 한다.

내가 초등학교 6학년 때쯤 아버지 손에 이끌려 '유성 온천'에를 간 기억이 있다. 난생처음 뜨거운 온천물에 몸을 담그고 나오니 허기도 지고 목이 바짝 말랐다. 온천 앞마당에서 아버지가 사 주신 '수밀도' 복숭아 1개…얼마나 시원하고 달고 맛있는지…그 맛을 지금도 잊을 수가 없다.

또 하나 찡한 기억이 있다.

내가 중학교 1학년 때 '학교까지 거리가 너무 멀다'는 핑계를 대고 "걸어서는 못 다니겠다."고 엄포를 놓으면서 어머니가 싸주신 도시락을 "무거워서 못 가지고 가겠다."고 핀잔을 하고는 마루에 팽개치고 그냥 학교를 갔다.

용돈이 한 푼도 없어서 점심도 굶고 오후에야 터벅터벅 걸어서 집에 들어왔다. "다른 친구들처럼 나도 자전거 1대를 사달라"고 어머니를 졸랐다. 집안 형편이 어려워 아버지께서는 '불가하다'고 하셨다.

한 달 정도 점심 굶기로 단식투쟁을 계속하고 있을 때 어느 날 아버지가 중고 자전거 1대를 끌고 밤 12시쯤 집에 도착하였다. 나는 신이 나서 밤중에 자전거를 끌고 동네 앞길로 나가서 타는 연습을 하였다.

나중에 알고 보니 아버지께서는 점심을 굶는 아들이 불쌍한 나머지 버스를 타고 대전까지 가서 중고 자전거 1대를 당시 5,000원에 사 가지고 수화물로 부치려면 또 돈이 들어가니까 직접 타고 100리 길(약 40km)을 밤이 늦도록 달려온 것이다.

겉으론 표현을 안 하셔도 아버지의 자식 사랑 마음은 이런 것이리라.

아버지는 '6·25 참전용사'로서 대구 '다부동전투'에 참전하였고 대구 '동촌비행장'·거제도 '포로수용소' 경비를 담당하였고 일등중사로 전역하였다.

얼마 전에 가족들과 함께 거제도를 갔다가 6·25당시 포로수용소를 그대로 재현한 관광지가 있어서 구경하였는데 '아버님이 살아 계셨더라면 '내가 여기서 경계근무를 하였지!' 하면서 얼마나 좋아하셨을까?' 생각하니 가슴이 찡하였다.

마당 한켠의 텃밭(상추, 쑥갓, 들깨, 토란, 실파, 고추를 심었다)

나에게 술이란

최근 어느 골프장에서(후반은 EVEN PAR인데…)

나는 술을 좋아하는 편이다.

밥 먹기 전 빈속에 술부터 들이키기를 무척이나 좋아한다. 무상한 인생의 슬픔과 괴로움을 잊기 위해 술을 친구로 삼았다. 술에 푹 취한 상태가 가끔씩 있어야만 이 고독한 삶을 그래도 견뎌낼 수 있을 것 같다.

집 마당 한쪽 켠에 "보고 싶은 사람과 술상을 마주한 사람" 이라고 써서 달아 매었다. 가장 행복한 사람일 것 같아서다. 또 "밥보다 술을!" "가장 좋은 안주는 마주한 사람의 얼굴" "오늘은 필름이 끊길 때까지" "오늘은 인간이되 내일은 흙이로다." "당신의 삶이 다른 사람을 기쁘게 하였는가?" 이런 글을 나무에 새겨서 걸어 두었다.

그러나 앞으로 술을 대폭 줄이기로 결심하였다. 이러다가 알코올성 치매가 올 것 같아서다. 1단계로 양주 등의 독주를 끊고 사케나 맥주 위주로 즐기기로 하였다.

벌써 '알코올 중독'인지도 모른다. 나는 아니라고 부인한다.
미친 사람한테 '너 미쳤지?'라고 물으면 모두 "아니다"라고 부인하는 것과 같은지도 모른다.
당신에게 술은 어떤 의미인가?

경기도 포천의 몽베르CC에서 막내 아들의 첫 UNDER PAR(71타) 기념으로 동반자들과 한잔하고, 즉석 상금 전달까지(골프레슨 일체 없이 아빠만 따라 다니면서 버디 6개 보기 5개로 71타를 쳤으니 기특한 아들이다)

부지런한 사람과 행운

사람은 누구나 좋은 운과 나쁜 운을 동시에 가지고 있다.

즐겁게 일할 수 있는 시간이 좋은 운이다. 열심히 일하는 사람에게는 나쁜 운이 들어올 틈이 없다.

운이 나쁘다고 투덜대는 사람은 대개 게으르다.
부지런한 사람에게 행운도 찾아오는 법이다.

오늘부터 좀 더 부지런해야겠다.
우선 일찍 일어나서 운동부터 하고 하루를 시작해야겠다.
마당 원두막 밑에 운동기구를 여러 개 설치하였다.
먼저 스쿼트를 20개씩 3세트 한다. 그리고 벤치프레스를 10회씩 3세트 하고 아령 운동을 하는 식이다.

당신은 어떤 사람인가요?

부지런한 성격인가요?

마당 원두막 밑의 운동기구 몇 가지

'행복한 집'이란 뜻으로 새겨서 걸어놓은 글씨

호기심(Curiosity)과 창의성(Creativity)

마당의 나무들과 푸른하늘

끊임없이 샘솟는 호기심.

호기심이야말로 궁금해하는 마음을 넘어 창의성에까지 이르는 원동력이다.

말 대신 자동차를 만들고, 하늘을 날아가는 새를 보고 비행기를 만들었다.

달을 왕복하는 우주선까지 만들었다.

이는 호기심과 자신감에 찬 사람들이 이룩한 성과들이다.

할 수 있다는 자신감에 찬 신념이 중요하다.

매사에 부정적인 사람은 발전할 수 없다.

인간은 '나이'만으로 늙지 않는다.

'호기심'을 잃을 때 비로소 늙는다.

당신은 어떠한가?
호기심과 창의력으로 가득 차 있는가?

공직시절 뭔가를 열심히 설명하고 있는 필자

인간의 두 손은 칼과 같다

마당의 푸른나무들

인간의 두 손, 다른 동물과 어떻게 다를까?
꽉 잡을 수 있는 악력이 있다.
그래서 인간은 손으로 도구를 잡고 활용할 수 있다.

두 손은 그 쓰임새에 따라 극과 극을 달리는 1000개의 칼과 같다.

음식을 만드는 데 사용할 수도 있고 도자기를 만들 수도 있다. 병을 고치는 침이나 주사바늘을 만들 수도 있고 사람을 죽이는 칼을 만들 수도 있다. 농사를 지을 수도 있고 고기를 잡는 데 사용할 수도 있다. 부드럽게 만져 줄 수도 있고 미운 사람을 때릴 수도 있다. 도둑질을 하는 데 사용할 수도 있고 은혜를 베풀 수도 있다. 두 손으로 목 졸라 살해할 수도 있고 심폐 소생술로 죽어가는 사람을 살려낼 수도 있다. 자손 만대에 빛나는 소설이나 시나리오를 쓸 수도 있고 오랫동안 보존해온 문화재급 기록물을 파쇄할 수도 있고 불태워 버릴 수도 있다. 농구·배구·탁구를 할 수도 있고 골프를 칠 수도 있다.

　하늘이 주신 두 손의 악력을 인류 발전에 도움이 되는 훌륭한 일을 하는 데에 사용하여야 할 것이다.
　당신의 두 손은 주로 어떤 역할을 해 왔나요?

필자가 편백나무로 만들어 본 팔걸이 의자(둥그렇게 깎아 내는 것이 기술이다)

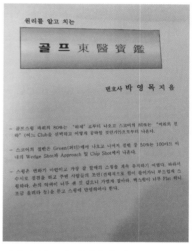

필자가 틈틈이 정리하여 써 본 '골프 동의보감'

기분 좋은 사람

마당의 충충나무

    당신은 환하게 웃는 얼굴이어서 만날 때마다 기분이 좋다.

    당신은 늘 부드럽고 따뜻한 말을 하기 때문에 대화할 때마다 기분이 좋다.

    당신은 늘 겸손하며 다른 사람을 배려하기 때문에 생각만 해도 기분이 좋다.

    당신은 소중한 보물 1호 같은 사람이기 때문에 당신을 아는 것 자체가 행복이다.

늘 보고 싶고
늘 그리웁고
늘 생각나는 사람
그 상대방조차도 너무 행복하게 하는 사람
나도 이런 사람이 되려고 노력하고 있다.

당신은 기분 좋은 사람 맞나요?

만나는 사람을 행복하게 하는 사람인가요?

마당 한켠에 피어 있는 보라색의 붓꽃

행복한 사람은 친절하다

장미와 하늘과 구름꽃

친절함은 자상함이다.
친절은 배려이다.

친절이나 자상함은 남을 위한 행동이다.
친절은 그것을 받는 상대뿐만 아니라 베푸는 사람도 행복하게 한다.

장수하는 사람들은 불만보다 감사의 말을 많이 한다.
장수하는 이들은 이웃과 잘 어울린다.
장수하는 이들은 예민하지 않다.

불평이 많고 독선적이며 예민한 사람이 오래 살기 어렵다.
긍정적이고 친절하고 남을 배려하고 매사에 감사할 줄 알고, 대인관계가 원만하며 낙천적인 사람이 가장 오래 산다.

그리고 늘 행복하다.

당신은 어떤 사람인가요?
늘 친절하고 긍정적인 사람인가요?

아들과 충청도 어느 골프장에서

그 사람 진국이여

마당에 핀 '작약꽃'

밥은 봄같이 따스하게, 국은 여름같이 뜨끈하게, 장은 가을같이 서늘하게, 술은 겨울같이 차갑게 하여 먹고 마셔야 제맛이다.

밥과 국, 장이나 술도 모두 제 온도에 이르러야 저마다 최고의 맛을 낸다.

사람도 그렇다.

시간과 정성을 들여 푹 고아낸 '사골 국물'처럼 진국인 사람, 곰삭은 '묵은지'처럼 속정 깊은 사람, 푸근하고 구수하기가 '된장 맛'처럼 늘 겸손하고 항시 베풀며 그늘진 곳을 살피는 사람이 있다.

그 반면에는 인정이라고는 눈꼽만큼도 없는 사람, 양심과 이별하고 겸손과도 담을 쌓은 사람, '너 죽고 나 살자'며 안면

몰수·후안무치·적반하장인 사람, 과대망상에 가까운 자기애
와 아집에 사로잡힌 사람도 있다.

그 사람! 진국이여! 정이 깊은 사람이여! 소리를 듣는 게
제일이다.
그 사람 밥맛 없어! 자기밖에 몰라! 이런 소리를 들어서는
안 될 일이다.
오늘도 마음의 온도를 잘 맞추어 따뜻한 사람으로 살아야
겠다.
나도 '진국' 소리를 듣도록 해야겠다.

마당에 핀 '노랑꽃 창포'(삶은 물로 머리 감을 때
사용하면 부드럽다는 풀)의 노란 꽃잎

자식에게 부모란

나이 들어서도 젊게 사는 비법

최근 신년초에 방문한 제주 '추자도'

○ 첫째로, 일을 계속하는 것이다.

나이 들어서도 계속 일하는 것이 중요하다.

집에 틀어박혀 있지 않고 밖으로 나와서 자기 일을 하는 것이야말로 '신체기능'과 '뇌 기능'을 모두 활성화시키는 것으로 노화 지연과 수명 연장의 지름길이다.

따라서 어떤 일을 하더라도 은퇴하면 절대 안 된다. 은퇴하고 집에서 쉬는 순간부터 신체기능과 뇌 기능이 모두 급격히 감소하게 된다. 단번에 늙어 버리는 지름길이다.

몸이 버틸 수 있는 한, 하던 일을 평생 계속하는 것이 노화를 늦추는 최선의 방법이다.

○둘째로, 운전면허도 반납하면 안 된다.

차도 팔고 면허도 반납하고 집에 틀어박혀 누구와도 만나지 않는 생활을 지속한다면 운동기능도 뇌 기능도 모두 쇠약해질 것이 뻔하다.

○셋째로, 햇볕을 쬐는 습관을 들이는 것이다.

가급적 외출을 하여 햇볕과 친해진다. 햇볕을 받아야 인체는 건강해진다. 기분도 좋아지고, 행복감을 느끼는 '세로토닌' 호르몬도 많이 분비된다고 한다.

○넷째로, 말을 재미있게 하는 습관을 갖는다.

유머 감각이 늘 넘치는 사람, 말을 재미있게 하는 사람이야말로 얼굴은 물론 몸도 젊어진다. 젊어 보이는 '동안'이 더 오래 산다는 것이 정설이다.

○다섯째로, 운동을 습관화한다.

격렬한 운동은 활성 산소로 인하여 신체를 산화시켜서 노화를 촉진시킨다. 가벼운 헬스(중력운동)와 산책이 더 좋다. 테니스나 배드민턴, 수영이나 골프 등 계속하고 있는 운동이 있다면 중단하지 말고 지속적으로 해야 한다.

○여섯째, 맛있는 음식을 찾아서 먹어라.

자식에게 부모란

먹고 싶은 것을 먹는 기쁨도 중요하다. 맛있는 음식을 많이 먹어야 '면역력'이 높아진다. 그래야 감기도 안 걸리고 질병에 걸릴 확률도 적어질 것이 아니겠는가? 노년기에는 감기가 급성폐렴이 되어서 갑작스럽게 사망하는 경우도 많다.

ㅇ 일곱째, 마음이 맞는 사람과 소통한다.

좋아하는 사람·마음이 맞는 사람·긍정적인 사람을 골라서 자주 만난다. 어딘가 싫은 사람과 계속 교제하는 것은 이제 그만둘 나이이다.

ㅇ 여덟 번째, 신뢰받는 인간관계를 구축한다.

자기만 생각하면서 살 것이 아니라 주위 사람들을 살펴보고 믿음을 주는 인간관계를 갖도록 한다.

젊어서 잘나가던 사람들의 노후는 쓸쓸하기 쉽다. 친절과 자상함과 성실로써 돈독한 인간관계를 맺어야만 나이 들어도 동료나 부하들이 많이 찾아오게 된다.

당신은 어떤 생활 습관을 가지고 있나요?
최대한 노화를 늦출 수 있나요?

로스쿨 출신 어쏘 변호사들과 바나나 보트를 타고…(우측 3번째가 필자)

Chapter 8

그 원두막 이름은 '조은대'

혼자서 원두막을 짓고 있는 필자

시골(충북 옥천)에서 농사일을 거들던 어린 시절.

참외밭에 있던 원두막.

사다리를 타고 올라가서 높은 곳에 앉아 시원한 여름 바람을 쏘이며 참외를 먹던 기억이 생생하다.

조그마한 전원주택 땅(경기 가평 설악)을 구입하고 원두막부터 짓기 시작하였다.

혼자서 우선 땅을 파고 4곳에 주춧돌을 놓고 그 위에 나무 기둥 4개를 높이 세우고 (구입할 당시 3, 6미터로 배달된다) 1.5미터쯤에 1층 바닥을 만들고 3미터 높이에는 2층을 만들었다.

지붕을 제작하고 빗물받이까지 설치하니 꼬박 이틀이 걸렸다.

鳥(새 조) 隱(은둔할 은) 臺(물건을 얹는 대)라고 한문으로 새겨서 나무 명판을 달았다. '새들도 쉬어가는 곳'이란 뜻이고 한글 발음으로는 '좋은 곳'(조은데)을 포함하여 2중으로 함축된 뜻이다.

2층 높은 곳에 자그마한 책상을 올려다 놓고 책을 읽다가 내려다보이는 겹겹의 산들을 바라보니 신선이 따로 없다. 어쩌다가 좋은 벗들이 찾아올 때면 이 원두막 2층으로 모시고 마주 앉아 술 몇 잔을 기울이면 이보다 더한 행복은 없다.

이번 주말에 누구를 초대해 볼까?
좋아하는 사람과 술상을 마주할 생각을 하니 벌써 온 마음이 설레인다.

그대를 2층 원두막으로 초대할까 하는데 어떤가요?

직접 제작한 2층 원두막 '조은대'

술 마시기 전에 하는 사우나(근처 홍천강에서 돌을 주워다 올려 놓았고 내부는 편백과 삼나무로 직접 만들었다)

직장을 자주 바꾸는 Z세대

어느 골프장과 멋진 구름

요즘 신세대(Z세대, MZ세대라고도 한다)들은 회사를 자주 옮겨 다닌다.

종전 세대와는 직장을 대하는 태도가 크게 다르다.

다니는 회사가
① 내 미래의 꿈을 실현할 수 있는지,
② 일상생활에 만족감을 느끼게 하는지
③ 수행 중인 직무에 만족하는지
④ 전공과의 일치 정도는 어떠한지 중 어느 한 가지만 낮아도 그 직장에 회의를 느낀다.

이들은 자신의 방식대로 삶을 살아가고, 고용주에 의존하거나 회사에 안주하여 누릴 수 있는 안전장치에서 벗어나려고 한다. 인재를 키우고 붙잡아야 하는 기업으로선 큰 고민이다.

내가 공직에 있을 때 국내 굴지의 회사 임원들을 만난 적이 있다. "공직사회에서는 인사철마다 온갖 청탁과 배경 동원이 난무한다. 인사 발령이 나고 보면 평소 로비 잘하는 사람들이 한결같이 좋은 보직으로 발표가 되더라" 그 말을 들은 대기업 임원들은 "저희들은 인사청탁을 하거나 배경을 동원하는 직원이 발각되면 그 즉시 인사 불이익을 준다."고 하였다. 깜짝 놀라서 "아니 어떻게 그렇게 조치하느냐?"고 물으니 "인사청탁을 받아주면 회사가 망합니다." "아부하고 로비하는 사람에게 좋은 보직을 주고 승진시키면 인재가 나갑니다."였다.

맞는 말이다. 일을 열심히 하고 잘하는 사람은 아부할 이유가 없다. 그러니 엄한 사람이 승진하여 자기의 상사로 온다면 즉시 사표를 낼 것이기 때문이다. 역시 회사는 영업이익을 내야만 존재하기 때문에 인사관리가 정확하였다. 그러나 공무원 사회는 주인이 따로 없기 때문에 아부하거나 뇌물을 바치거나, 배경을 동원하는 사람이 득세를 하고 있었다.

공무원 후배들에게 물어보니 요즈음에도 그렇단다. 그래야만 원하는 자리를 갈 수 있단다. 나 역시 희망지 조사도 없이 아무 곳으로나 인사 발령을 내는 현실 앞에서 "인재를 알아주지 않는 조직에서 더 이상 못 견디겠다."고 쓴소리를 하고 사표를 던지고 나와 버렸다.

그러나, 아무리 Z세대라 하더라도 좀 더 참고 견뎌낼 일이다. 회사는 공직보다는 '인재를 알아주고 키워주는 조직'이기 때문이다. '열심히 하는 사람' 못 당하고 '오래 근무하는 질긴 사람'이 최종 승리를 한다. 상사가 알아 주든 그렇지 않든 열심히 일하고, 끝까지 견뎌내는 사람이 임원이 되고 사장까지 된다.

당신은 어떠한가?
끝까지 견뎌볼 생각인가?
중간에 때려치울까 고민 중인가?

청평호에서 필자가 배를 몰고 새내기 변호사들을 땅콩보트에 태운 채 마구 달리고 있다

골프가 안되는 이유와
술 마실 핑계는 많다

최근 베트남 다낭에서 '이글'을 하고…

'골프와 자식은 마음대로 안 된다.'는 말이 있다.

그만큼 '의지대로, 생각한 대로, 노력한 대로 되지 않는다.'는 뜻일 게다.

공을 칠 때 '프로는 본대로 가고 아마추어는 우려한 대로 간다.'는 말도 있다.

즉, 전문가인 프로선수는 겨눈 대로 공이 날아가고, 초보자는 '옆에 있는 호수나, 산속으로 들어가면 안 되는데' 하고 걱정을 하면서 이를 피하여 똑바로 치려고 해도 웬일인지 공이 염려하던 곳인 호수에 빠지거나 산속으로 휘어져 들어가 버리기 쉽다는 말이다.

골프가 잘 안되는 이유는 너무나 많다.
① 모래 벙커가 많아서

② 연못이 많아서

③ 코스가 휘어져 있어서 (Dog-Leg 코스라고 함)

④ 바람이 불어서

⑤ 가랑비가 내리고 있어서

⑥ 눈발이 날려서

⑦ 날씨가 흐려서

⑧ 햇볕이 너무 따가워서 등 이루 헤아릴 수조차 없다.

심지어는

① 캐디가 너무 예뻐서

② 동반자가 너무 좋은 분들이라서

③ 날씨가 너무 좋아서 등등 긍정적인 핑계까지 대기도 한다.

대략 20,000가지 핑계가 있다고 한다. 그 20,000번째 핑계
는 "오늘 이상하게 안 맞는다."라고 한다. 최근 1개가 더 늘었
는데 20,001번째 핑계는 "아무 이유 없이 이놈의 골프가 안된
다"이다.

술을 마실 핑계도 많다.

우선

① 기분 좋은 일 있어서 한잔,

② 좋은 사람을 만났으니 한잔,

③ 오랜만에 만났으니 회포를 풀어 보자며 한잔,

④ 오늘은 기분 나쁜 일이 생겼으니 한잔,

⑤ '비가 오는 날에는 술맛이 난다.'면서 한잔,

⑥ 눈이 오니 한잔 등 술을 마셔야겠다는 구실은 넘쳐난다.

내가 기거하는 집 원두막 사방에 나무를 잘라서 이런저런 글을 새겨 걸어 두었다.

"인생! 뭐 있어? 거칠게 사는 거지!"

"보고 싶은 사람과 술상 앞에 마주 앉은 사람이 최고의 행복이다."

"죽은 후에 금덩이를 쌓아 놓은들 살아생전 한잔 술만 못하다."(중국 당나라 시인 백낙천(772~846)의 신후퇴금 계북두 불여생전 일배주 身後堆金桂北斗 不如生前一杯酒에서 따왔다) 등 술 마시기를 강요하는 듯한 온갖 글귀를 써서 걸어 두었다.

심지어 "오늘은 필름이 끊길 때까지!"라는 글을 맨 위에 걸어 두고는 진탕 술을 강요하기까지 하였다.

나는 밥보다 술을 좋아한다. 그것도 빈속에 술만을 짜르르 위 속에 부어 넣는 것을 좋아한다. '알딸딸'하게 취기가 오르는 것을 느끼는 것을 즐긴다.

술 마시는 날에는 '알코올'에 취해서 한동안 술만 마시다가 안주 몇 점 집어 먹고 끝을 내고 밥은 아예 못 먹는다. 내 상식으로는 "술맛을 모르는 이는 인생의 절반을 모르는 사람이다." "골프의 재미를 모르고 사는 사람도 인생의 절반을 모르는 사람이다."

골프를 마치고 마시는 술은 더 매력적이다.

더운 여름에는 시원한 생맥주가 최고이고 추운 겨울에는 따끈하게 데운 정종이 최고다. 봄, 가을에는 아무 술이나 다 좋다. 내기 골프라도 해서 잃은 사람에게 50% 돌려주고 캐디피 내고 조금 남는 돈에 내 돈을 보태어 한잔하면 동반자 모두 최고의 기쁨이다.

어떤 동반자에게 라운딩 끝난 후 식사 직전에 잃은 돈을 내가 되돌려 주었더니 그가 "골프의 3가지 즐거움"을 말한 적이 있다. (밖에는 비가 억수같이 쏟아지고 있었다)

첫째는 동반자요,

둘째는 잃은 돈 되돌려 받는 기쁨이요,

셋째는 우리 팀 골프 끝났을 때 소나기가 막 쏟아지는 것을 보고 들으면서 (속으로는 '우리 뒤 팀들 비에 흠씬 젖겠구나!' 하면서) 마시는 술맛이란다.

당신은 어떠한가?

알코올 중독은 아닌가?

골프 중독은 아닌가?

'절대 그 정도는 아니다'라고 부인할 것이다.

왜냐하면, 미친 사람한테 "당신 미쳤지?"하고 물어보면 "NO, NO! 나는 극히 정상이다"라고 할 테니까!

미친 사람이 "그래 나는 지금 미쳤다"고 시인하는 경우는 없다.

'알코올' 중독, '골프' 중독, '도박' 중독도 마찬가지일 게다.

절대로 자신은 "중독까지는 아니다."라고 부정한다.

그래야 오늘도 또 술을 마시고 내일도 또 골프장으로 갈 테니까 말이다.

집에서 내려다 보이는 청평호수, 좌측은 가평 대교

강원도 어느 골프장에서 72타를 치고(버디4, 보기4)

베트남 다낭 어느 골프장에서 이글을 하고 받은 확인 증서

선박조종면허가 있는 필자가 배를 몰고 뒤에 친구들 8명을 태운 바나나 보트가 끌려 오고 있다

인기가수 김성재 사망사건의 변호인으로 최근 MBC '그날'에
2회 연속 출연한 필자(MBC가 마련한 '특별한 스튜디오'에서
촬영)

Chapter 9

변호사로서 큰 보람을 느꼈던 사건들

-변호사 30여 년을 하면서 큰 보람을 느꼈던 사건 몇 개를 추려서 정리하여 보았다.
언제 생각해도 잘한 일이었고 가슴 벅찬 사건이었다.-

군대에서 상급자로부터 괴롭힘을 당하여 '정신분열증'이 발병한 장교를 '국가 유공자'로 만들어 준 사건

2011년 뜨거운 어느 여름날 오후에 어떤 아버지 한 분이 필자의 사무실로 찾아왔다. "내 외아들이 군대에 갔는데 두들겨 맞고 기합을 너무 많이 받아서 정신 이상자가 되었는데 제발 당장 전역이라도 시켜 달라"고 호소하였다.

상세한 상담을 한 결과 아들이 해군 장교로 입대하여 해병대에 배치되었는데 휴가를 나왔을 때 자기 방에만 틀어박혀 있고 말하는 중에 고개가 좌우로 막 흔들리게 되는 불안 상태를 보여 '서울아산병원'으로 데리고 가서 진료를 받아 보니 '조현병'(정신분열증)으로 진단되었다는 것이다.

□ 증거 수집의 중요성

필자도 군대를 장교로 가는 바람에 36주나 되는 긴 훈련 과정에서 두들겨 맞은 것도 여러 번이고 참기 어려운 기합을 거의 매일 같이 받았던 기억이 있어서 충분히 그런 일이 있을 수 있다고 안심시키고, 더군다나 해병부대에 배치되었으니 군기가 강한 전통이 있어서 더욱 심할 것으로 예측된다고 말하고, 일단 용기를 내어 사건을 맡기로 하였다.

마침 함께 온 누나 정○○이 아주 똑똑해 보여서 그녀로 하여금 증거 수집을 해 오도록 요청하였다.

○ 군부대 안에서 비밀리에 이루어진 폭력행위이기 때문에 증거 확보가 큰 난관이었다. '여성의 경우 함부로 밀어내지는 못할 것이니 마음 단단히 먹고 필자가 시키는 대로 해 오라'고 신신당부하였다.

해당 부대를 방문하여 우선 '군사법원의 법무관 면담 신청을 하라'고 하였다. 가족관계 증명서와 조현병(정신분열증) 진단서를 제시하고 "군대 보낸 남동생이 정신병이 생겼는데 그 경위서를 부대장과 중대장 등으로부터 글로 써서 달라"고 하여 받아 오라고 시켰다.

오리발을 내밀면 군 복무 중 정신병 진단을 받고 치료 중인데 사과하는 것인지 미안한 마음조차 없는 것인지 여하튼 글로 작성한 "확인서"를 받아 오라고 시켰다.

남동생을 구타하거나 기합을 준 상관이 대략 7~8명이었다.

ㅇ 면담하는 법무관으로 하여금 이들을 모두 불러서 글로 "확인서"를 써 달라고 하여 받아서 가지고 오라고 단단히 일 렀다. 만약 안 써 주겠다고 버티면 "군부대에서 한 발짝도 못 나가겠다"고 소리를 지르고, 바닥에 드러누우라고 시켰다.

필자가 시킨 대로 배낭에 옷가지와 음료수 등을 챙겨서 메 고 가서 1박 2일을 부대에 드러눕게 하였다. 그랬더니 마음 약한 장교 2~3명이 어느 정도 구체적으로 '구타하고 기합을 준 사실이 있다'고 자필로 기재하여 주었고, 나머지 사람들은 '일체 때린 사실 없고 기합을 준 정도였다'고 진술서를 써 주 었다.

□ 변호사 이름으로 형사 고소장 접수

당사자 누나의 자필 진술서와 부대를 항의 방문하여 받아 가지고 온 관련자들의 진술서 등을 증거로 하여 현역은 군 검찰에, 이미 전역한 장교들은 민간 검찰에 변호사 이름으로 각각 형사 고소를 하여 수사를 개시하도록 하였다.

그중 장교 1명은 해병 제1사단 보통군사법원에서 벌금 700만 원을, 다른 장교들은 전역 후 거주지인 창원지방법원 등에서 징역 8월에 집행유예 2년 등을 선고받았다.

□ '의병 전역' 이후 '국가 유공자' 신청

조현병(정신분열증) 진단서를 첨부하고 국군 수도 병원의 치료 확인서 등을 첨부하여 의병전역(질병에 의한 군 복무 불가로 전역)을 신청하여 즉시 조치되었으며 국가 보훈처에 "국가 유공자"로 등록해줄 것을 신청하였더니 예상대로 즉각 거부처분을 하였다.

나는 이에 불복하고 서울행정법원에 소송을 제기하였다.

□ '국가 유공자'로 인정해야 한다는 법원의 판결을 받아냄

○ 판결 주문

1. 피고(서울 지방보훈청장)가 2011. 3. 20. 원고에 대하여 한 국가유공자 비해당 결정처분을 취소한다.

2. 소송비용은 피고의 부담으로 한다.

○ 판결 이유

1. 처분의 경위

가. 원고 정○○는 2009. 3. 20. 학사장교로 해군에 입대하여 해군사관학교에서 14주의 훈련을 마치고 2009. 7. 1. 해군 소위로 임관하였고, 다시 기초군사학교에서 12주의 훈련을 받고 같은 해 10. 2. 해병 제2사단 소속 김포항공대(이하 '김포항공대'라고 한다)로 배치되어 그곳에서 작전보좌관으로

근무하던 중 '조현병'의 진단을 받고 2001. 6. ○. 의병전역하였다.

나. 원고는 김포항공대로 배치되어 근무하던 중 선임 장교들의 구타, 기합, 폭언 등으로 인한 스트레스의 누적 등으로 '조현병'이 발병하였음을 들어 2010. 8. 9. 피고에게 국가유공자등록신청을 하였다.

다. 이에 대하여 피고는 '원고가 주장하는 조현병은 군 복무 중 발병하여 치료받은 기록은 있으나 해군본부에서 '전공상 비대상'으로 결정된 점, 입대 후 특별한 원인 없이 1개월이 경과되지 아니한 시점에서 발병된 점, 조현병은 유전적· 기질적 취약성, 성격 경향, 성장환경, 신체 상태, 사회적 지지 등에 의하기 때문에 월남전 참전, 포로수용소 생활, 삼풍사고와 같이 누구에게나 발병의 원인이 될 수 있는 정도의 극심한 스트레스가 아닌 경우에는 공무수행과의 인과관계를 인정하지 아니하는 것이 기존의 연구 보고와 의학적 소견으로서, 원고의 현 상병은 군 공무수행과 상당한 인과관계가 인정되지 아니한다'는 취지의 2001. 3. 9. 자 보훈심사위원회의 심의· 의결 내용을 사유로 하여 '원고는 국가유공자에 해당하지 않는다'는 내용의 '이 사건 처분'을 하였다.

2. 이 사건 처분의 적법 여부
가. 당사자의 주장
피고는 위 처분 사유와 그 근거가 되는 관계 법령을 들어 이 사건 처분이 적법하다고 주장함에 대하여, 원고는 건강한 몸으로 군에 입대하여 김포항공대에서 복무하던 중, 선임 장교들의 구타, 기합, 폭언 등으로 인한 스트레스의 누적 등으로 인하여 '조현병'이 발병하였으므로, 위 질병은 군 공무수행과 관련하여 발병되었다 할 것인데도 인과관계가 없다고 하여 원고를 국가 유공자로 인정하지 아니한 이 사건 처분은 위법하여 취소되어야 한다. 고 주장한다.

나. 판단

(1) 인정 사실

　　가) 원고는 고등학교 교감으로 명예퇴직한 부친의 슬하에서 유복하게 성장하면서 초등학교, 중학교, 고등학교를 우수한 성적으로 졸업하였고, 학교생활 중 반장, 부반장, 학생회 체육차장에 임명되는 등 모범생으로 활동하다가 서울 S대학교 물리학과에 입학하여 장학금을 받으면서 우수한 성적으로 졸업하였고, 그 후 2009. 3. 20. 학사장교로 해군에 입대하여 해군사관학교에서 14주의 훈련을 마치고 같은 해 7. 1. 해군 소위로 임관하였고, 다시 기초군사학교에서 12주의 훈련을 받고 같은 해 10. 2. 김포항공대로 배치되어 그곳에서 작전보좌관으로 근무하게 되었다.

　　원고는 입대 전인 2004. 3. ○. 징병 신체검사에서 안과, 이비인후과 등에서 일부 이상이 있긴 하였으나 모두 경미한 장애였고, 정신과를 비롯한 다른 분야에서는 아무런 이상이 없어 '현역 입영 판정'을 받았다.

　　나) 원고는 위 군사훈련을 받으면서 매일 하루 일과를 기록에 남기면서 자

신의 부족한 점을 뒤돌아보고 새로운 각오를 다짐하면서 생활하였고, 위 훈련기간 중 여러 차례 외박을 나올 때마다 원고의 누나와 가족들에게도 부대 생활에 관하여 즐겁게 담소를 하면서 훈련이 끝나 부대로 배치되면 장교로서 열심히 근무하고, '제대한 후에는 유학을 가 물리학 공부를 계속하겠다는' 등 자신의 포부를 밝히곤 하였으며, 그 결과 아무런 하자 없이 훈련을 마치고 김포항공대로 배치되었다.

다) 원고는 김포항공대로 배치되어 '작전보좌관'으로 근무하면서 업무가 끝난 후에는 유학 갈 준비를 위하여 틈틈이 공부를 하고, 자신의 급여 상당 부분을 유학비용으로 적립하게 되면서 자연히 선임 장교들과 식사나 술을 마시는 행위를 피하게 되었고, 아울러 평소 행동이 민첩하지 못한 결과 선임 장교들의 불만의 대상이 되어 급기야 그들로부터 다음과 같은 모욕적인 언사와 함께 기합과 구타를 당하게 되었다.

① 항공 연락장교로 근무하던 대위 이○○은, 2009. 10. 일자불상경 상황실에서 원고에게 항공기와의 통신 방법을 교육하는 과정에서 원고가 '교육내용을 숙지하지 못한다'는 이유로 '브리핑막대기'로 복부를 수 회 찌르고, 오른 주먹으로 복부를 수 회 때리고, '엎드려 뻗쳐' 자세를 시킨 후 발로 몸통을 수 회 걷어차고, 2009. 11. 일자불상경 상황실에서 원고가 당직 브리핑을 제대로 하지 못한다며 이를 교육한다는 명분으로 '브리핑막대기'로 복부를 수 회 찌르고, 오른 주먹으로 복부를 수 회 때리고, '엎드려 뻗쳐' 자세를 시킨 후 발

로 몸통을 수 회 걷어차고, 같은 해 12. 9. 경 통신실에서 술에 취한 상태에서 원고에게 '너 같은 놈은 장교도 아니고 살 가치도 없는 새끼야'라고 욕설을 하며 주먹과 발로 몸통 및 얼굴을 수 회 때리고, 2010. 1. 일자불상경 작전과 사무실에서 훈련 중임에도 원고가 철모를 쓰지 않고 훈련에 참가하였다는 이유로 욕설을 하면서 주먹과 발로 몸통 및 얼굴을 수 회 때리고, 탄약고에서 원고가 체육활동교관으로서 체육활동을 지휘함에 있어 제대로 지휘하지 못한다는 이유로 욕설을 하면서 '엎드려 뻗쳐' 자세를 시킨 후 발로 복부를 수 회 걷어차고, 오른 주먹으로 복부 및 머리를 수 회 때렸다.

위 이○○은 위와 같은 행위로 2012. 6. ○. 해병 제1사단 보통군사법원에서 벌금 7,000,000원을 선고받았다

② 평가관으로 근무하던 대위 황○○은, 2009. 12. 중순경 군수와 건물옆 창고에서 원고가 평소 업무처리가 미숙하고 장교로서의 자질이 부족하다는 이유로 바닥에 엎드리게 한 다음 각목으로 엉덩이 등을 수 회 때리고, 당직실에서 원고가 장교로서의 품위가 없다는 이유로 약 40분간 바닥에 손을 대고 발을 벽에 거는 방법으로 기합을 주고, 본관 앞에서 원고의 태도가 불량하다는 이유로 주먹으로 얼굴과 가슴을 수 회 때리고 2010. 2. 5. 경 상황실에서 비상대기상태가 발령되었음에도 원고가 즉시 귀대하지 아니하였다는 이유로 주먹으로 얼굴을 수 회 때렸다.

위 황○○은 위와 같은 행위로 2012. 5. ○. 창원지방법원 진주지

원에서 징역 8월에 집행유예 2년을 선고받고, 창원지방법원에 항소하였으나 2012. 9. ○. 기각당하였다.

③ 함포연락장교로 근무하던 중위 이○○은 2009. 12. 일자불상경 상황실에서 원고가 당직 보고를 제대로 하지 못하고, 목소리와 태도가 장교답지 못하다는 이유로 40분간 벽에 다리를 건 상태로 기합을 주고, 2010. 1. 일자불상경 상황실에서 원고가 당직근무 중 통신병에게 부대 외부로 가서 빵을 사오라고 심부름을 시켰다는 이유로 위와 같은 방법으로 기합을 주고, 2010. 1. 일자불상경 기숙사 내에서 원고가 승낙 없이 부대 앞 다방에 나가 1시간 정도 있다가 들어왔다는 이유로 위와 같은 방법으로 기합을 주고, 2010. 1. 중순경 작전과 사무실에서 원고가 문서작성 능력이 부족하다는 이유로 주먹으로 얼굴을 수 회 때리고, 2010. 1. 하순경 기숙사 내에서 원고의 목소리와 태도가 장교답지 못하다는 이유로 '봉급이 아깝다. 너 같은 놈이 어떻게 장교가 됐느냐'고 무시하면서 주먹으로 얼굴을 수 회 때렸다.

위 이○○은 위와 같은 행위로 2012. 7. ○. 창원지방법원 밀양지원에서 징역 8월에 집행유예 2년을 선고받았다.

④ 항공 연락 장교로 근무하던 대위 김○○는, 원고가 외출시 핸드폰을 지참하지 아니하고, 위병소 출입 시 '암구호'('암호'를 군에서는 '암구호'라고 칭함)를 숙지하지 않는 등 지시사항을 이행하지 아니할 뿐

만 아니라 이러한 점을 지적하였음에도 시정되지 않는다는 이유로 2009. 10. 일자불상경부터 2010. 2. 일자불상경까지 사이에 독신자 숙소에서 원고가 자신의 명령을 따르지 않을 경우 신체에 큰 위해를 가할 듯한 태도를 보이면서 '엎드려 뻗쳐' 자세를 시키고, 엎드린 상태에서 한쪽 손과 발을 각각 들게 하는 기합을 약 5분 내지 10분에 걸쳐 각 2-3회 시켰다.

김○○의 위와 같은 행위에 대하여, 해병 제2사단 보통검찰부는 그 사실을 인정하면서 범행동기 등에 참작 사유가 있다는 점을 들어 '기소 유예처분'을 하였다.

⑤ 항공 연락 장교로 근무하던 중위 최○○는 2009. 11. ○.경 PX에서 원고의 행동이 민첩하지 못하고 업무처리가 미숙하다는 이유로. 앉았다 일어서면서 천정을 손으로 짚게 하는 동작을 수십 회 반복하는 기합을 주었다. 최○○의 위와 같은 행위에 대하여, 수원지방검찰청은 2012. 1. ○. 그 사실을 인정하면서 범행동기 등에 참작 사유가 있다는 점을 들어 '기소 유예처분'을 하였다.

라) 원고는 위 선임 장교들로부터 위와 같은 모욕과 구타, 등을 당하면서 장교들은 물론 사병들로부터 무시와 따돌림을 받게 되자, 이전과 달리 군 복무에 적응하지 못하게 되었고, 외박을 나와도 가족들과 이야기를 하지 않고 자신의 방에만 있었고, 평소 사소한 문제까지 대화를 주고받던 누나에게조차 아무런 말을 하지 않고, 부대 생활에 대하여 물으면

놀라면서 기피하기에 이르렀고, 나중에는 가족들과 대화를 하면서 머리를 상하좌우로 흔드는 등 이상한 행동을 보이곤 하였다.

마) 이에 가족들의 주선으로 현대아산중앙병원과 국군수도병원에서 진찰을 받은 결과 '조현병'으로 진단되어, 2010. 4. ○. 경 국군수도병원에 입원시켜 치료를 하였으나 아무런 차도를 보이지 않자, 2010. 6. ○. 의병전역하게 되었고, 전역 후 현재까지 현대아산중앙병원에서 치료를 받고 있으나 역시 큰 차도를 보이지 않고 있다.

(2) 위 인정 사실에서 본 바와 같이, 원고는 입대 전 활동적이고 모범적인 학교생활을 하였고, 징병신체검사에서 현역입영 판정을 받을 정도로 건강했던 점, 그런데 김포항공대로 배치된 이후 선임 장교들의 모욕, 구타, 기합 등으로 정신이상 증세를 보이게 된 점, 조현병은 외부적 요인에 의한 스트레스 등도 그 요인이 되는 점 등을 고려해 볼 때, 원고의 현상병인 조현병은 군 공무수행 중 선임 장교들의 잦은 모욕과 구타, 기합 등으로 인한 신체적, 정신적 충격에 의하여 발병하였거나, 그렇지 않고 입대 전에 그 원인을 갖고 있었다 하더라도 선임 장교들의 위와 같은 행위로 그 증상이 악화되었다고 봄이 상당하다고 할 것이다.

따라서 원고의 현상병이 군 공무수행과 상당한 인과관계가 없다는 이유를 들어 원고가 국가 유공자에 해당하지 않는다고 결정한 피고의 이 사건 처분은 위법하다고 할 것이다.

3. 결론

그렇다면, 이 사건 처분의 취소를 구하는 원고의 청구는 이유 있으므로 이를 인용하기로 하여 주문과 같이 판결한다.

2012. 12. ○.

서울 행정법원 제3부 재판장 판사 강○○

판사 지○○

판사 오○○

전남 광주 31사단 보통군법회의 앞에서 군법무관들과 전역기념 (가운데가 필자, 맨 우측은 김수민 씨로 병역을 필한 후 '검사'로 임관하여 인천 검사장, 국가정보원 제2차장을 역임하였다. 필자 좌측은 이혁우 부장판사, 필자 바로 우측은 고영록 법무참모)

□ 민사 손해배상 판결까지 추가로 받아냄

필자는 의뢰인을 괴롭혀 정신병까지 오도록 한 상급자들을 상대로 증거를 면밀하게 수집한 다음 형사고소를 하여 유죄판결을 받아 내었고, 이를 토대로, 민사상 손해배당 소송까지 제기하였다.

아무리 군대라 하더라도 사람을 정신병자로 만든 나쁜 사람들은 '끝까지 추적하여 손해배상까지 물리도록 하여야 한다'는 필자의 설득으로 소송을 하게 되었다.

□ 서울남부지방법원의 판결내용

당시 의뢰인을 비롯한 원고 가족들의 주소지가 영등포구였으므로 그 관할 법원에 민사 재판을 제기하였다.

○ 판결 주문

1. 피고 황○○, 이○○, 이○○, 김○○, 최○○는 연대하여 원고 정○○에게 금 98,103,340원, 원고 정○○(父), 임○○(母)에게 각 7,000,000원, 원고 정○○(누나), 정○○(여동생)에게 각 금 3,000,000원 및 위 각 금원에 대하여 2012. 12. 14.부터 2014. 1. 8.까지 연 5% 그다음날부터 다 갚는 날까지 연 20%의 각 비율에 의한 금원을 지급하라.
2. 소송비용은 피고들의 부담으로 한다.
3. 제1항은 가집행 할 수 있다.

○ 판결 이유

1. 손해배상 책임의 발생
가. 판단

피고 황○○, 이○○, 이○○, 김○○, 최○○는 어떠한 경우에도 군기확립 등을 이유로 후임 장교에 대하여 구타, 폭언 및 가혹행위 등 사적 제재를 가하여서는 아니됨에도 불구하고, 원고 정○○에게 위 각 구타 등 가혹행위를 가하였다 할 것이고, 원고 정○○의 입대 전 상태 및 김포항공대 배치 전의 군생활과 원고 정○○의 정신이상 증세가 김포항공대 배치 이후 발현된 점 등에 비추어 볼 때, 원고 정○○의 조현병은 피고 황○○, 이○○, 이○○, 김○○, 최○○의 위 각 구타 등 가혹행위로 인한 것으로 보이는바, 피고 황○○, 이○○, 이○○, 최○○는 공동불법행위자로서 원고 정○○ 및 그 가족들이 입은 손해를 배상할 책임 있다.

다만, 원고 정○○은 김포항공대에 배치되기 전인 2009. 6. ○. 성애병원에서 상세불명의 신경성 장애로 치료를 받았고, 2009. 7. 경부터 텔레비전 속에 나오는 사람들이 자신을 아는 것 같은 생각이 들어 불안하였다는 것인바, 위 인정사실에 의하면 원고 정○○에게는 김포항공대 배치 전부터 조현병에 대한 소인이 존재하였던 것으로 보이는 점, 피고 황○○, 이○○, 이○○, 최○○의 위 각 가혹행위는 원고 정○○이 업무숙지능력 및 교육과정에 대한 이해능력이 떨어지고 행동도 느리며 군율도 자자 위반하자 교육차원에서 이루어진 것이라는 점, 원고 정○○이 위 피고들의 가혹행위로 발생한 '조현병' 증세를 원인으로 국가유공자 등 예우 및 지원에 관한 법률에 따른 국가유공자로 인정되어 위 법률에 따라 국가로부터 소정의 연금을 지급받고 있는 점 등에 비추어 위 피고들의 책임을 전체의 60%로 제한한다.

2. 책임의 범위

가. 일실수입

원고 정○○이 조현병 증세로 상실한 가동능력에 대한 금전적 총평가액 상당의 일실수입 손해는 아래에서 인정하는 사실관계와 평가내용을 기초로 산정한 금 99,168,619원이다.

(1) 인정 사실과 평가내용

  (가) 직업 및 소득 : 원고 정○○은 2008. 8. ○.경 서울 S대학교 물리학과를 졸업하고, 2009. 3. 20. 학사장교로 해군에 입대하였다가 2010. 6. ○. 의병 전역 조치되었는바, 원고 정○○이 정상적으로 군 복무를 마쳤다면 적어도 대학졸업 이상의 학력을 가진 근로자의 초임 정도에 해당하는 임금 상당의 수입을 얻을 수 있었을 것으로 보이므로, 2010년 대졸 이상 학력을 가진 25세 내지 29세 남자의 전 직종에 걸친 1년 미만 경력자의 평균임금을 기준으로 '일실수입'을 산정하기로 한다.

  (나) 가동기간 및 일수 : 원고 정○○이 정상적으로 근무하였다면 군복무를 마치는 시기인 2012. 6. 30. (소위 임관일로부터 36개월)부터 만 60세가 되는 2045. 2. 3.까지

(다) 후유장애 및 노동능력상실율 : 원고 정○○의 조현병 증상은 영구적일 것으로 예상되고, 원고 정○○이 사무직 근로자로 종사하는 경우 맥브라이드 장해분류표 두부, 뇌, 척수 항목 중 Ⅷ-B-2-6항의 중간에 해당하는 33%의 '노동능력상실'이 예상된다.

나. 치료비

(1) 기왕 치료비

금 8,736,160원(그동안 지출한 치료비)

(2) 향후 치료비

(가) 조현병은 지속적인 호전과 악화를 반복하는 병으로서 10년간 치료 및 추적관찰을 요하는바, 기 치료비로 1년에 금 3,595,000원[{7,000 ×365일} (약물치료 예상액)+{40,000원 × 26회}(정신치료 및 재진료 예상액)]이 소요될 것으로 보이고, 계산의 편의상 이 사건 판결 선고일 이후로 2014. 6. 30.부터 향후 10년간 지출하는 것으로 한다.

다. 위자료

(1) 원고 본인   정○○   : 금 20,000,000원
(2) 원고의 부모   정○○, 임○○ : 각 금 7,000,000원
(3) 원고의 형제자매 정○○, 정○○ : 각 금 3,000,000원

3. 결론

 따라서, 피고 황○○, 이○○, 이○○, 김○○, 최○○는 연대하여 원고 정○○
에 금 98,103,340원, 원고 정○○, 임○○에게 각 금 7,000,000원, 원고 정○○,
정○○에게 각 금 3,000,000원 및 위 각 금원에 대하여 각 불법행위일 이후로 원
고들이 구하는 바에 따라 이 사건 소장부본 최후 송달일 다음날임이 기록상 명백
한 2012. 12. 14.부터 이 사건 판결 선고일인 2014. 1. 8.까지 민법 소정의 연
5%, 그다음날부터 다 갚는 날까지 소송촉진등에관한특례법 소정의 연 20%의
각 비율에 의한 지연손해금을 각 지급할 의무가 있다.

2014. 1. ○.

서울남부지방법원 제○부

재판장 황○○

판사 진○○

판사 강○○

 ※ 필자의 끈질긴 노력으로 가해자들을 모두 형사 처벌하
고 상당한 금액의 손해배상 판결까지 받아서 봉급을 압류하
여 전액 받도록 하였으며 의뢰인 정○○을 "국가유공자"로 등
록시켜서 매달 200여만 원의 연금을 평생 동안 수령하고 있
고, 그가 다니던 S대학에서 물리학 박사 학위까지 받았으며

현재 연구원으로 일하고 있다. 증거 수집의 1등공신이었던 누나 정○○은 현재 학교 교사로 재직하고 있다.

매년 명절 때마다 '감사하다'는 인사를 전해오고 있으며 최근 몇 달 전에도 아버지와 함께 필자의 사무실을 방문하여 "변호사님 덕분에 연금까지 타면서 건강하게 잘 지내고 있다"고 감사인사를 하였다.

당시 병원 치료비를 내느라고 변호사비용이 전혀 없어서 착수금 없이 '후불'로 받기로 하고 3개의 사건(형사고소, 민사소송, 국가유공자등록 행정소송)을 맡아서 변론하였다.

변호사 일 30여 년 동안 가장 보람 있었던 사건 중 하나로 가슴속에 간직하고 있다.

지금 생각해도 잘한 일이다.

법률서류를 살펴보고 있는 필자

몸속에 박혀있는 탄환이
공산권 탄환인가 여부

변호사 일을 하면서 아주 특이한 사건(6·25 전쟁 중 탄환을 몸에 지닌 채 살아온 사람)을 의뢰 맡아서 서울행정법원에 소송을 제기한 후 철저하게 파고 들어가서 진실을 규명한 사례가 있다.

□ 당시 서울행정법원의 판결요지는 아래와 같다

1. 처분의 경위

가. 원고의 남편 망 이○○(이하'망인'이라 한다)은 1952. 8. ○. 육군에 입대하여 군번 9599004를 부여받고 육군 제505 고사포 부대에 배치되어 복무하다가 1955. 10. ○. 중사로 전역하였다.

나. 망인은 1961. 9. ○. 원고와 혼인하여 혼인 관계를 유지하여 오던 중 1989. 3.경 가톨릭대학교 의과대학 성바오로병원(이하 '성바오로병원'이

라고만 한다.)에서 폐암 진단을 받았고, 1989. 11. ○. 폐암으로 인하여 사
망하였다.

다. 원고는 2014. 12. ○. 망인이 한국 전쟁 중 또는 그 직후 양구전투에 참전
하여 총상을 입었다고 주장하며 망인을 '국가유공자 등 예우 및 지원에 관
한 법률'(이하 '국가유공자법'이라 한다)이 정한 '전상 군경'으로 등록하여
줄 것을 신청하였다.(이하'이 사건 신청'이라 한다.)

라. 그러나 피고(서울 북부보훈지청장)는 보훈심사위원회의 심의·의결을 거쳐
2015. 6. ○. 원고에 대하여 망인이 전투 중 총상을 입었다고 볼 수 없어 국
가유공자(전상군경)에 해당하지 아니한다고 결정·고지하였다(이하 '이 사
건 처분'이라 한다).

2. 이 사건 처분의 적법 여부

가. 원고 변호인의 주장

망인은 한국전쟁 또는 그 직후 양구전투에 참전하여 총상을 입었으므로 국가
유공자법이 정한 '전상 군경'에 해당한다. 이와 달리 본 이 사건 처분은 위법하다.

나. 국립과학 수사연구원에 정밀감정 의뢰

원고 변호인은 망인의 체내에 박혀있는 총탄의 X-RAY사진에 대하여 국가기
관에 정밀 감정을 의뢰하였다.

(1) 감정할 사항

(가) 엑스레이상으로 제 3, 4요추로부터 우측으로 2cm 위치에 3cm×0.7cm
크기의 금속성 음영이 보이는데 (탄환으로 추정됨), 이 탄환이 1950년대
한국 전쟁에서 사용된 총알의 모양과 크기가 동일한지의 여부

(나) 위 탄환의 '수렵용' 탄환인지, '인마 살상용' 탄환인지의 여부

(2) 감정결과(국립과학수사연구원)

(가) 제시된 X-선 사진에서 식별되는 물체에 대한 검토

1) 제시된 X-선 사진에서 식별되는 금속성 물체는 길이 약 30mm, 폭 약
7mm이고, 앞 부분은 끝이 뾰족한 원추형이고, 끝 부분은 일정 경사를
가진 보트 테일(boat tail)의 모습으로, 외형상의 크기나 형태로 보아서
는 구경 7.62mm 실탄 탄환의 탄심(core)으로 추정됨.

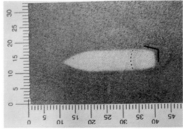

2) 대표적인 구경 7.62mm 실탄으로는 30-06 스프링필드(springfield), 308 윈체스터(winchester), 7.62×51mm NATO 및 7-62 × 54R이 있음.

① 30-06 스프링필드는 1906년 미국에서 개발되어 현재까지 사용 되는 실탄으로, 대표적인 사용 총기로는 M1 개런드(Garand)소총이 며, 1·2차 세계대전과 한국전 및 월남전에서 사용됨.

② 308 윈체스터는 1952년 미국에서 개발된 민수용 실탄이고, 7.62 ×51mm NATO는 308 윈체스터를 1954년 나토 제식탄으로 채택 하면서 사용된 명칭으로, 대표적인 사용 총기는 M14 소총이며, 공 식적으로는 월남전에서 최초 사용됨.

③ 7.62×54R은 1891년 러시아에서 개발되어 현재까지 사용되 는 실탄으로, 모신-나간트(Mosin-Nagant) 소총과 드라구노프 (Drdagunov) 저격소총 등이 대표적인 사용 총기이며, 1·2차 세계 대전과 한국전 및 월남전 등에서 사용됨.

3) 따라서, 1950년 한국전쟁 당시 한국군과 미군의 주력 소총은 M1 개 런드 소총이고, 북한군의 주력 소총은 모신-나간트 소총이었다는 점

과, 308 윈체스터를 사용하는 M14 소총은 월남전에서부터 사용되었다는 점 등을 감안할 때.

4) 망인이 총상을 입은 시기가 한국 전쟁 즈음이라면, 제시된 X-선 사진에서 식별되는 탄환은 30-06 스프링필드 또는 7.62mm×54R의 탄환일 가능성이 높음.

(나) 제시된 X-선 사진에서 식별되는 물체의 종류에 대한 검토

1) 30-06 스프링필드 실탄의 탄환은 전장이 약 27.87mm이고, 직경(구경)이 약 7.83mm이며, 탄환의 몸통과 바닥 부분이 수직을 이루는 스퀘어(square)타입으로, 제시된 감정물에서 식별되는 탄환보다 길이가 짧고 탄저부의 형태가 상이함.

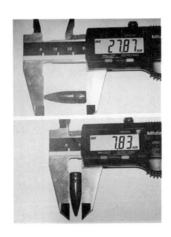

2) 7.62mm × 54R 실탄의 탄환은 전장이 약 전장이 약 33.25mm이고,

직경(구경)이 약 7.88mm이며, 탄환의 몸통과 바닥 부분이 일정 경사를 이루는 보트 테일(boat tail)타입으로, 제시된 감정물에서 식별되는 탄환과 크기와 형태가 유사함.

3) 따라서, 제시된 X-선 사진에서 식별되는 물체는 7.62mm×54R 실탄 탄환의 탄심일 가능성이 높은 것으로 평가됨.

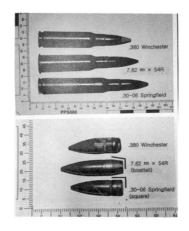

(다) 참고 사항

  1) 30-06 스프링필드, 308 윈체스터 및 7.62mm × 54R 등은 인마 살상
    용 실탄으로 구분되며,

  2) 한국 전쟁 이후 30-06 스프링필드나 308 윈체스터가 수렵용으로 사
    용되었을 가능성은 있으나, 7.62mm×54R은 적성 국가의 무기이므로
    국내에서 수렵용으로 사용되었을 가능성은 매우 적은 것으로 판단됨.

2016년 1월 ○일

국립과학수사연구원

법공학부 법안전과

감정관 : 김○○

다. 원고를 대신한 변호인의 주장

(1) 국립과학수사연구원에서는 망인의 엑스레이 사진에서 탄환으로 보이는
  물체가 한국 전쟁 당시 '적성국가'에서 쓰던 탄환이라고 감정 결과를 보내
  온 바 있음

(2) 이 사실을 통해 보건대 망인은 군에 입대하여 총상을 입고 전역하였으므로
  '전투 또는 이에 준하는 직무 수행 중 상이를 입고 전역한 자'에 해당함, 즉,

망인은 한국 전쟁 당시 또는 그 직후 전투 또는 직무 수행 중 척추에 총상을 입었고 제대로 된 치료도 받지 못한 상태에서 전역하여 총알이 체내에 박혀있는 채로 35년 이상을 살아 오면서 심각한 후유증을 앓다가 총알 내부에 포함된 납(중금속) 성분으로 인한 폐암 발생으로 사망한 것으로 보아야 할 것임.

(3) 피고(서울북부보훈지청장)는 망인이 군 입대하기 전인 민간인 신분일 때 총알에 맞았을 가능성을 배제할 수 없다고 주장하나, 병적 증명서에 의하면 망인이 군 입대했다는 사실은 분명히 확인되는바, 군 입대 이전에 총상을 입은 사람이 그럼에도 불구하고 징집되었을 가능성은 매우 희박함. 따라서 제반 사정을 고려해 보건대, 망인이 입은 상이와 망인의 사망 사이에는 상당인과관계가 넉넉하게 인정된다 할 것임.

(4) 원고의 남편 망 이○○은 한국 전쟁 당시 국가를 위해 몸을 바치겠다는 일념하에 군에 입대하여 복무하다가 총상을 입고 전역하였으며 탄환을 제거하지 아니한 채 총상 후유증으로 인하여 극심한 고통을 앓다가 1989. 11. ○. 폐암으로 사망하였음. 즉, 망인 이○○은 한국 전쟁에 참전하여 ① 척추에 적국의 총알을 맞아 탄환이 몸에 박힌 채로 전역하였고 ② 한국 전쟁에 참전한 점을 인정받아 국가로부터 대한민국 상이기장, 6.25 사변 종군기장, 공비 토벌 기장, 국제연합 헌장 옹호 기장 등을 수여 받았던 것임.

(5) 이러한 사실을 통해 보건대 총상과 망인의 사망 사이에는 상당인과관계가

인정된다 할 것이고 따라서 피고가 2015. 6. 8. 망인 이○○에 대하여 한 국가 유공자 비해당 처분은 취소되어야 마땅할 것임.

※ 위 사건은 잘 해결되었으며 탄환 뒷부분이 직선(우방국가 제조 탄환)이 아니고 사선(구소련 등 적성국가 제조 탄환)으로서 끝으로 갈수록 좁아지는 소위 선박 꼬리 모양(Boat-tail형)일 경우, '공산 국가'가 제조한 탄환이라는 것을 필자 역시 이 사건 정밀 감정을 통하여 처음으로 알게 되었다.

이렇듯 국과수에 정밀 감정을 의뢰한 변호인의 노력으로 망인의 체내에 박혀있던 총알이 국군이 아니고 북한군 등이 사용한 탄환임이 밝혀짐으로써 국가유공자 해당 여부 결정에 중요한 증거가 되었다.

장교 근무시절 목포 유달산에서 군법무관, 군의 관과 함께(맨 우측이 필자, 좌측은 대검차장을 지낸 문성우 검사, 가운데는 박춘호 소아과원장)

구타와 괴롭힘을 당한 의경을 조기전역 시키고 국가유공자로 등록시킴

2015년 어느 봄날 고향의 초등학교 후배이면서 같은 마을에 살던 동생 부부가 사무실로 찾아왔다.

"저는 공군부대 부사관으로 근무하고 있고 장남이 의경으로 군대를 갔는데 고참들한테 두들겨 맞고 왕따를 당하여 조현병(정신분열증) 증상이 발병되었다. 경찰기동대에서 제대를 안 시켜 주고 있다. 그냥 놔두면 아이가 더 망가질 것 같아 잠을 제대로 못 자고 있다. 제발 전역만 시켜달라"고 하소연하였다.

필자는 정의감에 이끌려 이 사건을 맡기로 하였다.

① 우선 조현병 진단서 등을 근거로 조기 전역 신청을 하여 의병전역 처분을 받아냈고
② 의뢰인을 수시로 구타한 선임병 박○○ 등 6명을 상해

죄 등으로 형사고소하여 벌금형 등의 처분을 받도록 하였으며(일일이 만나서 구타 사실을 확인하는 대화 내용을 녹취하여 증거로 제출함)

③ 의뢰인에 대하여 서울경찰청장 앞으로 공무수행 중 발생한 질병에 대하여 "전공상 심의" 요청서를 제출한 후 국가보훈처에 국가유공자 등록신청을 하였더니 즉각 거부하였다.

이에 굴하지 않고 증거를 면밀히 수집하고 당시 원고가 고참병들로부터 수시로 음식 포장하는 데 사용하는 랩 뭉치로 머리통을 두들겨 맞았다고 하므로 고참병들을 법정에 증인으로 소환한 후 랩 뭉치로 때린 사실을 신문하였다. 재판장이 "랩이라면 포장용으로 쓰는 얇은 비닐인데 맞아도 아프지 않을 것 같은데요?"라고 의구심을 제기하였다.

평소 용의주도한 필자의 성격에 따라 혹시 몰라서 시중에서 파는 랩 뭉치 1개를 사 가지고 법정에 들어간 터였다. 증인들에게 랩 뭉치를 제시하고 "이와 똑같은 랩 뭉치로 원고를 때린 것이 사실인가요?"라고 질문을 하여 "그렇다"는 답변을 받아냈다. "얇은 비닐을 수천 바퀴 감아 놓은 것으로 길이약 50cm, 초기 무게는 약 3~4kg 정도 되어 보이는데 맞는가요?"라고 질문하니까 "맞다"고 하였다. "이것으로 머리를 때리면 무게감 때문에 딱딱한 고무망치로 맞는 것과 같지요?" 물었더니 "예, 상당한 충격입니다. 저희들도 졸병 때 그것으로 수시로 얻어맞으면서 일을 배웠습니다"라고 하였다.

재판장이 "법정에 제출하여 달라"고 하여 직접 제시하였더니, 이를 만져보고 손으로 들어서 무게감을 느껴 보더니 "이 것으로 머리를 때리면 충격이 엄청나겠다"고 하고는 "이 사건 폭행에 사용된 것과 유사한 고무랩을 증인에게 제시하였고 랩의 표지에 적혀있는 무게, 길이 등을 공판조서에 기재하라"고 지시하였다. 재판장이 원고에게 유리한 '심증'을 느끼는 순간이었다.

'이렇게 무거운 고무 랩 뭉치로 수시로 구타하였으면 스트레스가 엄청나고 충분히 정신질환이 올 수도 있겠다' 싶은 표정이었다.

변호사로서 승소할 것 같은 느낌을 딱 받았을 때, 나는 이때를 놓치지 않고 "기동대 버스에서 식판을 덮을 때 필요한 것으로 이와 같은 고무랩을 4~5개씩 버스 안에 항시 보관하고 있지요?"라고 증인들에게 추가로 질문을 하니까 "네, 항시 보관하고 있다"는 답변이었다.

"따라서 별도로 각목이나 몽둥이를 준비할 필요 없이 버스 안에 비치된 고무 랩 뭉치를 꺼내어 수시로 원고를 폭행하게 된 것인가요?"라고 묻자 "그렇다 죄송하다. 원고가 정신병까지 걸릴 줄은 몰랐다"는 답변을 하였다. 재판을 종료하고 다음과 같은 요지의 최종판결문을 받았다.

○ 판결 주문

1. 피고 (청주지방 보훈청장)가 2014. 8. 25. 원고에게 한 국가유공자 비해당 결정 처분을 취소한다.

2. 소송 비용은 피고가 부담한다.

○ 판결 이유

1. 처분의 경위

가. 원고는 2011. 12. ○. 의무경찰로 입대하여 2012. 2. ○. 서울경찰청 제3 기동대 ○중대 ○소대에 배치되었다가 같은 해 8. 20. 남부지구대로 전입되어 복무하던 중, 2012. 12. ○. 10:00경 부대를 무단이탈하여 집으로 갔다가 선임병들이 자신을 죽인다고 하는 등 환청 증세를 보여 같은 달 16. 충남대학교 병원에서 정신병적 상태가 의심된다는 진단을 받고 부대로 복귀한 후 같은 달 18. 가톨릭대학교 여의도 성모병원에서 "조현병, 편집형"(이하 '이 사건 상병'이라 한다)의 진단을 받고 같은 날부터 2013, 3. 1.까지 병가 조치된 후 2013. 3. 2.부터 6개월간 휴직 처리되었다가 2013. 8. 1. 이 사건 상병(傷病)으로 의병 전역하였다.

나. 그 후 원고는 2013. 9. 5. 피고에 대하여 군입대 전까지 아무런 육체적, 정

신적 문제가 없었으나 소대 선임병들의 구타 등 가혹행위로 인하여 조현병 증세를 보이게 되었으므로 이 사건 상병은 공무수행 중 발병한 것으로서 공무수행과 사이에 상당인과관계가 있으므로 국가유공자 예우 및 지원에 관한 법률(이하 '법'이라 한다) 제4조 제1항 제6호 소정의 공상군경에 해당한다고 주장하면서 국가유공자등록신청을 하였고, 피고는 2014. 8. 25. 원고가 의경으로 복무 중 선임병들로부터 구타 등 가혹행위를 받았다고 인정하기 어려우므로 이 사건 상병은 공무수행과 상당인과관계가 있다고 인정되지 아니하여 원고가 법 소정의 국가유공자에 해당하지 아니한다는 이유로, 원고에 대한 국가유공자등록을 거부하는 내용의 이 사건 처분을 하였다.

2. 처분의 적법 여부

가. 원고의 주장

원고는 군입대 전에는 건강에 아무런 이상이 없었으나, 입대 후 선임병들의 모욕과 구타행위, 동료 대원들의 따돌림으로 심한 정신적 스트레스를 받아 이 사건 상병이 발병하였으므로 이 사건 상병과 직무 수행과의 상당인과관계를 인정하기 어렵다는 이유로 원고에 대하여 국가유공자등록을 거부한 피고의 이 사건 처분은 위법하다.

나. 인정 사실

(1) 원고는 2008. 2. 12. 충북 옥천군 소재 안내중학교를 졸업하고 같은 해 3.

3. 옥천 상업고등학교에 입학하였다가 같은 해 6. 3. 충북상업고등학교로 전학하여 2011. 2. 10. 위 고등학교를 졸업하였는데, 어린 시절부터 직업 군인인 부친의 엄격한 훈육 속에서 자랐고, 원고의 고등학교 생활기록부에 의하면 고등학교 3년 동안 결석 12일, 지각 34회, 조퇴 7회로 출석 상황이 좋지 않았으며, 학과 성적도 재학기간 동안 최하위권에 머무를 정도로 부진했으나, 온순하고 책임감이 있으며 교우관계가 원만하고 조용한 성격에 침착한 학생으로 학습태도나 행동상황이 문제점으로 지적된 적은 없었고, 고등학교를 졸업한 후 원고의 어머니가 운영하는 식당에서 일을 도와주다가 2011, 11.경 의무경찰 모집에 지원하여 신체검사 등을 마친 후 같은 해 12. 24. 군에 입대하여 기초군사 훈련과 3주간의 의무경찰 기본훈련을 받고 2012. 2. ○. 서울지방경찰청 제3기동대 ○중대 ○소대에 배치되었는데, 군입대나 자대배치 당시까지 특별한 질병을 앓았거나 신경정신과적인 질환으로 치료를 받은 적이 없었다.

(2) 원고가 배치된 소속부대는 ○○당의 당사 경비를 담당함에 따라 매월 15 일간은 당사의 경비 근무를 나가고 나머지 15일간은 부대 내에 대기하면서 시위진압 훈련을 하였는데, 기수가 낮은 후임자가 새로 배속되어 오면 중간기수의 선임병이 후임자에게 약 2주간 선임병들의 기수, 소대장 및 부관의 성명, 연락처를 암기하도록 한 후 그 기간이 지나면 암기사항을 점검하였고, 위 소대에서도 수경으로 정○○, 박○○, 상경으로 박○○, 남○○ 등이 원고와 함께 근무하면서 원고가 암기 사항을 잘 외우지 못하거나 진압훈련 중 틀리면 자주 지적을 하면서 모욕과 함께 구타를 하였고, 그 과정

에서 원래 성격이 내성적이고 행동이 느린 원고는 단체생활에 제대로 적응을 못 하여 다른 대원들과 잘 어울리지 못하였다.

(3) 수경 박○○은 2012. 3. 초순경부터 당사 경비 근무를 하는 동안 경찰 버스 내에서 원고에 대하여 암기사항을 점검하면서 원고가 틀리거나 대답을 못 할 때마다 랩 뭉치(식료품 포장용 등으로 쓰이는 길이 약 50cm 정도의 얇은 필름류 제품으로, 식판을 덮는 데 사용하기 위해 경찰버스 안에 비치되어 있었다)로 원고의 머리를 때렸고, 2012. 6. 초순경 2소대 내무실에서 실내화로 원고의 머리를 때리는 등으로 수시로 원고를 구타했으며, 구타할 때마다 "너 같은 놈이 왜 태어났냐, 인간 같지 않은 놈아, 너네 아빠가 군인이라면서 너는 왜 병신 같냐?" 등의 모욕을 주었다. 이에 원고는 어머니에게 전화할 때마다 '기합이 세고 고참들이 구타를 많이 하여 못 견디겠다'고 하였고, 2012. 4. ○. 외박기간 동안 청주시 상당구 소재 김진호 신경외과의원에서 진료를 받으면서 구타사실과 함께 이로 인하여 가슴이 뛰고 불안한 증세 및 불면증, 두통 등을 호소하였다.

(4) 원고는 2012. 5. 21.부터 같은 달 24까지 정기외박을 나온 후 선임병들의 가혹행위에 대한 두려움으로 부대에 복귀하지 않고 친구의 집에 숨어 있다가 이를 알고 찾아온 어머니와 함께 같은 달 27. 16:00경 부대에 복귀한 후 2012. 6. 24.부터 같은 달 28.까지 '영창 5일'간의 징계를 받았는데, 2012. 7. 중순경에는 부대 생활이 힘들고 적성에도 맞지 않아 '남부지구대 취사반에서 근무하고 싶다'고 건의하여 2012. 8.○. 남부지구대로 전입되

어 취사반에서 근무하게 되었으나, 그 후에도 다른 대원들과 잘 어울리지 못하였다.

(5) 수경 강○○은 2012. 10. 하순 일자불상 21:30경 점호 종료 후 내무실에서 원고에게 "너 때문에 기분이 나쁘다"고 말하면서 발로 가슴을 차고 손으로 뺨을 수 회 때렸고, 2012. 12. 12. 21:30경에는 원고가 같은 날 19:00경 부식 창고 안에서 상경 노○○에게 대들었다는 이유로 손으로 원고의 얼굴을 때리고 발로 원고의 허리부위를 차고 넘어진 원고의 등과 몸 부위를 수 회 차서 구타하였다.{강○○은 위 구타사실로 2014. 11. ○. 광주지방법원 순천지원에서 폭력행위등처벌에관한법률위반(야간·공동폭행)죄로 벌금 150만원의 약식명령을 받았다}.

(6) 그런데 원고는 2012. 12. 12. 경부터 '환청' 증세를 보여 잠을 자려고 누우면 여러 명의 선임병들이 동시에 "야! 박○○ 너는 죽어라, 아침에 눈뜨면 네 얼굴을 안 봤으면 좋겠다"라고 말하는 소리를 듣게 되었고, 2012. 12. 12. 18:00경에는 제3기동대 관리 부관 윤○○에게 지시받은 시장조사를 하지 않고도 '하였다'고 거짓말을 한 때문에 운동장에서 '구보'와 '오리걸음' 기합을 받았으며, 다음 날인 12. 14. 09:00경 선임병들로부터 "쟤가 왜 중대에 있다가 취사반으로 내려왔는지 모르겠다, 저 병신 같은 놈 내 눈앞에서 사라졌으면 좋겠다"는 등의 말을 들은 후 같은 날 10:00경 머릿속에서 "밖으로 나가라 너 거기 있으면 대원들이 너를 죽이려고 한다, 대원들이 너를 때려죽인다, 목 졸라 죽인다"는 환청증세에 추리닝 차림으로 담을 넘어

부대를 이탈하게 되었다.

(7) 그 후 원고는 집으로 와서 방에서 불도 켜지 않은 채 이불을 덮어쓰고 "귀에서 나를 조종하는 소리가 들린다, 밖에 나를 잡으러 누가 와 있는 것 같다"고 말하는 등 환청과 불안감을 호소하여 2012. 12. ○. 충남대학교 병원에서 '정신병적 상태가 의심되고 정확한 진단 및 치료를 위해 정신과적 정밀평가를 요한다'는 진단을 받고, 같은 달 17. 어머니와 함께 부대로 복귀하여 "경찰병원"에서 진료를 받은 결과 '약을 복용하며 안정을 취하라'는 진단을 받았으나, 2012. 12. ○. "가톨릭대학교 의과대학 부속 여의도 성모병원"에서 '편집형 정신분열병'으로 진단받은 후, 12. 18.부터 2003. 3. 1.까지 병가를 받아 "충남대학교 병원"에서 입원치료를 받고, 2003. 3. 2.부터 6개월간 휴직하는 한편, 2003. 5. ○.부터 논산시 소재 "백제병원"에서 입원 치료를 받던 중 증상이 호전되지 않고 향후 지속적인 치료가 필요하다는 진단을 받자. 이를 근거로 제시하여 2013. 8. ○. 의병 전역하였다.

(8) 원고를 치료한 의사들 중 위 여의도 성모병원 의사 전○○은 "관계망상, 피해망상 및 환청과 함께 동반된 행동장애를 보이고 초진 후 정신분열병의 진단으로 약물 투여를 하여 일부 증상의 개선은 있었으나 현재도 망상과 환청이 지속되고 있으며 지속적인 약물 복용과 정기적인 면담이 요구되고 군 생활을 지속하기에는 많은 어려움이 있을 것으로 예견된다"는 소견을, 충남대학교 병원 의사 왕○○은 "원고는 경계성 지적기능과 반사회적 인경성향으로 낮은 지적기능과 이에 따른 사회적 규범준수 및 적응 행동장애

의 증상을 보이고 군 복무에 염가감정이 있고 적응상의 곤란이 나타나고 있으며 본인의 지적 수준을 이해하고 그에 적절한 사회적응(군복무 포함) 훈련 및 지도 감독이 요구되고 꾸준한 교육, 지도로 사회적응 향상은 기대되나 지적 기능에 따른 어려움은 지속될 것으로 사료된다"는 소견을 각 표명하였고, 2012. 12. ○.자 "충남대학교 병원"의 '심리평가보고서'에 의하면 원고는 군 부적응의 원인으로 언어나 신체적인 폭력, 부대에서 갇혀있는 것, 명령에 대한 거부감 등을 들고 있고, 지능검사 결과 지능지수 74로 '경계선적 지능 범위'에 해당되며, HTP검사(집과 나무, 사람 등을 그려 그 사람을 진단하는 일종의 투사법 검사) 결과 가정에 대한 의존적 태도와 걱정이 공존하는 것으로 나타나고, 문장완성검사 결과 부모 중 어머니에게 애착을 가지고 있으며, 아버지에게는 '무책임한 말을 한다거나 남남이다'라는 부정적인 느낌을 가지고 있는 것으로 나타나고, MMPI검사(다면성 인격 검사) 결과 자신의 문제점을 고의로 과장되게 표현하여 도움을 구하고자 하는 '부정 왜곡 경향'이 유의미하게 높은 편으로 조사되었다.

다. 판단

(1) 법 제4조 제1항 제6호에서 말하는 '군인 또는 경찰공무원으로서 교육훈련 또는 직무수행 중 상이(공무상의 질병을 포함한다)'라 함은 군인 또는 경찰 공무원이 교육훈련 또는 그 직무수행 중 부상하거나 질병에 걸리는 것을 뜻하므로 법이 정한 상이가 되기 위하여는 교육훈련이나 직무수행과 부상 또는 질병 사이에 상당인과관계가 있어야 하나, 공무수행이 직접의 원인

이 되어 질병을 일으키는 경우는 물론이고 공무수행으로 인하여 재발 또는 악화되는 경우에도 상당인과관계가 있다고 보아야 하고(대법원 1991. 6. 28. 선고 91누2359 판결 등 참조), 질병의 발생과 직무수행 사이의 인과관계는 이를 주장하는 측에서 입증하여야 하지만 반드시 의학적, 자연과학적으로 명백히 입증하여야만 하는 것이 아니라 제반 사정을 고려하여 업무와 질병 사이에 상당인과관계가 있다고 추단되는 경우에도 그 입증이 있다고 보아야 할 것이며(대법원 1999. 6. 8. 선고 99두3331 판결 등 참조), 이 경우 상당인과관계의 유무는 보통 평균인이 아니라 당해군인 또는 경찰공무원의 건강과 신체조건을 기준으로 나이와 성행, 신체적·정신적 심리상황, 주변상황 등을 종합적으로 고려하여 상당인과관계가 있다고 추단할 수 있으면 그 인과관계를 인정하여야 할 것이다(대법원 1994. 12. 12. 선고 94누9030 판결 등 참조)

(2) 돌이켜 이 사건에 관하여 보건대, 위 인정 사실에 의하면 원고는 군입대 전에 비록 고등학교 시절 학업성적은 부진하였으나 온순하고 책임감이 있으며 교우관계도 원만하고 조용한 성격에 침착한 학생으로 학습태도나 행동상황이 문제점으로 지적된 적은 없었고, 징병신체검사에도 '현역입영판정'을 받을 정도록 신체적·정신적으로 건강했던 점, 입대 후에도 소속부대에 배치를 받을 때까지 훈련소에서의 훈련을 정상적으로 마쳤던 점, 그런데 서울경찰청 제3기동대 ○중대 ○소대에 배치된 이후 선임병들의 모욕, 구타 등으로 의무경찰 복무 생활을 힘들어하였고, 이로 인하여 가슴이 뛰고 불안한 증세 및 불면증, 두통 등을 호소하였으며 외박기간 후에도 선임병

들의 가혹행위에 대한 두려움으로 부대에 복귀하지 않고 숨어 지내다가 복귀하였으나 결국 선임병들이 자신을 죽이려 한다는 등의 환청 증세로까지 악화되어 탈영하기에 이르렀던 점에다가 외부의 사회적인 요인에 의한 스트레스도 정신분열병의 발병원인이 될 수 있는 점 등을 종합하면, 이 사건 상병은 의무경찰로서 공무수행 중 선임병들의 잦은 모욕과 구타, 기합 등으로 인한 신체적, 정신적 충격에 의하여 발병하였다고 봄이 상당하고, 원고가 부친의 엄격한 훈육으로 심리적으로 위축된 채 성장하여 규율통제가 엄격하고 상부의 명령에 민첩하게 대응해야 하는 의무경찰로서 복무함에 있어 심리적으로 취약한 기질을 가지고 있었다고 하여 달리 볼 것은 아니라고 할 것이다.

(3) 따라서 원고의 이 사건 상병은 군 공무 수행과 사이에 인과관계가 있다고 할 것이고, 이와 달리 보아 원고의 국가유공자등록신청을 거부한 피고의 이 사건 처분은 위법하다,

3. 결론

그렇다면 이 사건 처분의 취소를 구하는 원고의 청구는 이유 있으므로 주문에 기재한 대로 판결한다.

대전고등법원 제1 특별부

재판장 판사 조○○

판사 이○○

　※ 필자는 수사 기관 근무 경력을 바탕으로 끝까지 파고들어 고질적인 구타행위로 '정신분열병'까지 발병시킨 고참병들을 모두 사법처리하고 평생 완치되기 어려운 정신질환자가 된 의뢰인과 그 부모 형제들의 한을 풀어 주었다.

　의뢰인은 필자의 노력으로 '국가유공자'로 인정되어 매달 200여만 원씩 연금을 수령하고 정부기관 채용 시 특별혜택이 적용되어 청주지방검찰청에서 공무원으로 일하다가 결혼하여 현재는 건강보험관리공단 간부로 재직하고 있다.

　얼마 전 고향 옥천에 갔다가 의뢰인의 부모와 할머니까지 만났다.

　그 할머니가 "얘기 들었네, 우리 박 변호사가 내 손주를 평생 나라에서 연금을 받도록 만들어 주었다면서? 아이고 고맙네" 하면서 "집에서 농사지은 거여, 시골에 뭐 줄 게 있어야지!" 하면서 호박 작은 것 2개를 주셨다.

　그리고 의뢰인 아버지는 "아, 형님, 우리 아들이 이제 다 나았어요, 정신이 멀쩡해졌어요, 연금 계속 받으면 나중에 토해 내라고 할까 걱정이네유!"라고 하였다. 이에 필자가 "아무 걱정 마라, 병이 저절로 나으면 더 잘된 일이지, 일단 정해진 국가유공자를 박탈하는 법은 없다"고 안심을 시켜주었다. 지금은 그 아버지도 공군 준위로 전역하여 '군인 연금'을 받고 있다. 어머니는 청주에서 노래방을 하고 있고…. "형님, 너무 고마워요. 청주에 꼭 한번 놀러오세요" 한다.

　이렇게 감사할 줄 알고 있으니 나에게도 가슴 뿌듯한 일이 아닐 수 없다. 다시 한번 생각해봐도 당시 정말 열정적으로 일했던 것 같다.

'술의 향기는 100리를 가고 꽃의 향기는 1,000리를 가며 사람의 향기는 10,000리를 간다'는 뜻, "筆香萬里(필향만리)"를 추가하고 싶다('이 수필집의 향기가 만 리를 간다'는 뜻)

서울 ○○ 경찰서 간부로 재직 시 '10.21 경찰의 날' 행사 직후

필자가 운영하고 있는 법률사무소 '아크로'

서울 ○○ 경찰서 현관에서 당시 이회창 대통령후보와 함께(가운데 우측이 필자, 그 좌측으로 김명섭 국회의원, 이회창 대통령 후보)

하늘나라로 간 친구에게 마지막 선물을

　40대 중반의 젊은 나이에 우리나라 굴지의 석유회사에서 간부로 일하던 친구가 갑자기 사망하였다는 비보를 접하고 나는 대전 ○○대학병원 장례식장으로 달려갔다.

　고교 시절 2. 3학년 때 같은 반에서 함께 공부하였는데 그 친구는 유복한 가정에서 자랐고 학업성적도 좋은 편이었다. 각자 대학을 다니고 군대를 마친 다음 신혼 초에 우연히 우리 두 사람은 안양의 같은 아파트에서 살게 되어서 더욱 자주 만나면서 친하게 지냈다.

□ 장례식 이후 그 친구 부인이 사무실로 찾아왔다

　"근로복지공단을 상대로 소송을 걸어 달라"는 부탁을 하였다. 근로복지공단에서는 회사의 '산재 신청'에 대하여 "퇴근 이후 주말 일요일 아침에 집에서 사망하였기 때문에 산업재해로 볼 수 없다"고 반려하는 처분을 내린 상태였다.

나는 그동안 쌓아온 법률 지식을 총동원하여서라도 그 친구에게 '마지막 선물'을 하고 싶었다. 사건을 맡아 즉시 소송을 제기한 날부터 깊은 생각에 잠긴 채 온갖 방책을 모두 짜내기로 하였다.

피고인 근로복지공단이 법원에 제출한 '답변서' 내용은 설득력이 있었다.

즉,

① 1년 전 회사에서 실시한 건강검진결과표에 "허혈성 심장질환이 의심됨" "종합병원을 찾아가 정밀진단 받을 것을 요망함"이라고 기재되어 있음에도 본인이 이를 태만히 하여 사망에 이른 것이므로 회사 측에는 책임이 없다.

② 사망원인이 '심근경색'으로 인한 심정지이므로 평소 가지고 있는 지병에 의한 사망이다.

③ 회사에서 맡긴 업무가 과중한 편이 아니었고 출퇴근표에 따르면 09:00 출근하여 18:00 퇴근을 반복하는 등 1년 내내 거의 습관적으로 정시 출퇴근하였다.

④ 또한 '사망 장소'가 '사업장 내'가 아니고 자가이며, 그것도 휴일인 일요일 아침에 사망하였다.

⑤ 따라서 '직무로 인하여 발생한 산업 재해라고 볼 수 없다'고 주장하였다.

그럴듯한 주장이다.

□ 내가 변호사로서 반박을 하였다

① 건강검진 결과 "허혈성 심장 질환 의심"이라고 적혀있어도, 일반인으로서는 생명을 위협할 정도로 심각한 상태라고 생각하기 어려운 표현이다. 그리고 회사 일이 계속적으로 바쁘게 돌아가고 있어서 평일에 일과를 포기하고 병원진료를 가기가 어려웠다.

② 평소 지병은 전혀 없었으며, 강단 있고 건강한 체질이었다. (술은 전혀 마시지 않으며 담배를 약간 피우는 정도였다.)

③ 정시 출퇴근하는 습관은 있었으나 이는 부하 직원들도 퇴근하도록 하려는 배려에서 그렇게 한 것이고, 망인은 늘 일거리를 집으로 가지고 와서 집에서 추가로 일을 마무리하는 완벽주의적인 성격이었다.

④ 사망 장소가 사업장 내가 아니어서 직무상 재해로 인정할 수 없다고 주장하나, 위 망인의 사망 장소는 개인 주택이 아니고 회사에서 관사로 임차하여 제공한 회사숙소였다. 따라서 사업장과 마찬가지로 근무 장소의 연장선으로 보아야 한다.

라고 반박을 하였다.

그 후 법정에서 쌍방 모두의 치열한 공방이 시작되었다. 2년여에 걸쳐 사실조회와 서면 입증과 증인 신문이 있었다.

그 친구가 생전에, 회사가 소송에 휘말린 사건을 들고 당시 서초동 사무실로 찾아와서 내가 재판을 맡아 승소한 적이 있었다. 그때 그 친구의 부하 직원 2명을 업무상 필요로 여러 번 만난 일이 있었다. 갑자기 그분들이 생각나서 당시 재판 기록을 찾아내서 회사로 연락을 하였더니 마침 본사 총무팀에서 일하고 있었다. 그 두 사람에게 '사실 그대로 도와달라'고 사정을 설명한 다음, 증인으로 소환할 테니 "있는 그대로 증언해 달라"고 당부하였다.

법정에 출석한 증인들에게 내가 심도 있게 질문하여 어떻게 해서든지 '직무상 과로'로 인하여 '스트레스'를 너무 많이 받은 나머지 심근경색으로 사망하게 되었으므로 '직무관련성'이 인정되는 산업재해로 보고 국가가 연금을 지급하여야 한다는 판결을 받아내야만 했다.

□ **내가 법정에서 선서한 증인에게 물었다**

○ 망인은 '울산 공장장'으로 근무하고 있었으나 2년째 '옥천 공장장'도 겸직하고 있었지요?

- 예, 2개 공장장을 겸직한 상태였습니다.

○ 증인의 회사에서 운전기사도 제공하지 않아서 망인이 직접 운전까지 하면서 울산에서 옥천공장까지 1주에 1회 이상 왕복 근무하도록 하였지요?
- 예, 차량만 제공하였고 직접 운전하면서 울산과 옥천을 매주 1회 이상 왕복하면서 직원회의 주재 등 2개의 공장 운영을 총괄하였습니다.

○ 사망 직전에 본사 회장이 어떤 일로 망인이 공장장으로 있는 울산공장을 방문할 계획이었나요?
- 예, 망인 주관으로 울산공장에서 '신제품'을 개발 완료하였기 때문에 본사 회장이 울산공장을 방문하여 '개발과정'과 '향후 판매전략' 등을 상세하게 브리핑을 받기로 하고 보고받는 날짜와 시각이 정해져 있었습니다.

○ 사망 직전에도 망인이 보고서를 작성하여 관사로 가지고 가서 직접 마무리 작업을 하였나요?
- 예, 출퇴근표에는 18:30경 퇴근한 것으로 되어 있으나, 서류 보따리를 가지고 나가서 관사에서 일을 한 것으로 파악이 되었습니다.

□ 법원의 판결 내용

재판부는

① 망인이 울산 공장장으로 있으면서 약 200km 정도 떨어진 옥천 공장장까지 겸직하고 있어서 운전기사도 없이 직접 왕복 운전을 하면서 2개의 공장을 총괄 관리하는 등 과로에 노출되어 있었던 점이 인정되고

② 오너 소유주인 본사 회장이 울산 공장을 방문하여 새로 개발한 '신제품'에 대한 개발과정과 판매전략을 공장장인 망인으로부터 직접 보고 받기로 날짜가 정해져 있어서 망인으로서는 최종 보고서 준비 등으로 심각한 '스트레스'를 받았을 개연성이 인정되는 점

③ 사망 장소가 숙소라고 하나, 회사 측에서 제공한 관사이므로 사업장의 연장선으로 인정되는 점 등을 모두 종합할 때 망인의 사망은 울산과 옥천 공장장의 겸직에서 오는 업무 과중과 신제품개발 과정 및 오너 회장 앞에서의 최종 브리핑 준비 등으로 스트레스가 심각한 상태에서 심근경색이 발병한 것으로 추정된다.

"따라서 망인의 사망을 '산업재해'로 인정하지 아니한 피고 (근로복지공단이사장)의 처분은 위법하다"고 판시하면서 원고 승

소판결을 내려주었다.

□ 망인 가족들의 연금 수령

초기에 근로복지공단에서 산업재해 신청을 기각시키는 바람에 유가족을 불쌍하게 여긴 나머지 그 회사의 오너 회장께서 몇억 원의 위로금을 지급하고 자녀 2명에 대하여 '대학까지 등록금 전액을 지원하여 주겠다'고 합의서를 작성하여준 상태였다.

2년여간에 걸친 소승 끝에 승소 판결을 받아, 미망인이 매달 300여만 원의 연금을 수령하도록 하였다. 또한 2년여간 지급하지 아니한 연금 합계 8000여만 원도 일시금으로 지급받았다.

요즈음도 그 친구의 부인께서 '감사하다'는 인사를 종종 전해온다. 매달 연금을 받게 해준 덕분에 어린 두 자녀를 잘 키우고 있다고….

※ 그 친구 이름은 심○○이다. 키도 훤칠하게 크고 미남이었다. 나한테도 잘해 준 심성 좋은 친구였다.

어이 친구! 하늘나라에서 잘 있는가?
여기 걱정일랑 하지 말게나!

부인과 아이들 모두 잘 지내고 있네.
얼마 전 결혼식장에서 미망인을 만났네.
여전하시더만!

'아이들 결혼하게 되면 내가 주례를 맡아준다'고 약속을 했네.
내가 자네 가족의 역사를 잘 알고 있지 아니한가?
주례를 서게 되면 자네 자랑을 잔뜩 해볼 생각이네….

어느 날 그 친구가 하늘에서 무지개로 나타난 것 같아서 얼른 찍은 사진

대통령으로부터 임명장을 받고 강원경찰청
수사과장으로 부임(경정임용 후 6년여 만
에 총경으로 승진)

강원도지사로부터 위촉장을(우측이 필자)

Chapter 10

공직 생활하는 동안
의미 있었던 일들

- 공직 생활 15년 정도 하는 동안 뜻깊은 일이 많았으나 그중 몇 개를 추려 보았다 -

진정인을 고소인으로 바꾸어 준 사연

넓은 청평호반

서울 ○○경찰서 수사과장으로 근무하던 어느 날, 서류 결재를 하는 중에 의사에 대한 진정서를 보게 되었다. 직원을 불러서 "진정내용이 특이하니 진정인을 다음날 사무실로 오도록 하라"고 지시하였다.

진정 내용은 "둘째 아이를 임신하였는데 1년 차이라서 키우기가 벅찰 것 같아서 임신 중절 수술을 의뢰하였다. 수술 도중 출혈이 심하여 서울대 병원 응급실로 이송하였는데 벌써 치료비가 2000여만 원이 나왔고 1차 수술한 의사가 '책임 못 지겠다'고 하여 진정을 하게 되었다"는 것이었다.

나는 다음날 남편인 진정인을 수사과장실로 불러서 대화를 하였다.

"진정서만으로는 경찰에서 곧바로 형사입건을 할 수가 없다. 피의자로 소환하여 강제 수사를 할 수도 없다. 그러니 진정서를 고소장으로 바꾸어서 제출해 달라"

"나는 그렇게 못 바꾼다. 의사 상대로 형사 고소하여 이길 수가 없다고 하더라"

"우리가 최대한 수사를 열심히 하여 만족할 만한 결과를 내보도록 하겠다."

"그러면 수사과장께서 대신 좀 고소장으로 바꾸어 써달라"고 부탁을 하였다.

나는 당시 30대 중반의 젊은 혈기에 "알았다"고 수락을 하고 사법고시를 합격하고 사법연수원 2년 동안 배운 법률 지식을 바탕으로 꼼꼼하게 "업무상 과실치상죄"로 작성하고 그 남자로 하여금 서명과 날인을 하도록 한 후 공식 문서로 접수를 하였다.

그 후 1개월이 지났는데도 담당 수사관이 수사 상황을 일체 보고하지도 않았다. 다른 업무에 너무 바쁘게 지내던 중 어느 날 "그 사건 서류를 모두 가지고 오라"고 지시하였다. 살펴보니 피의자로 형사입건을 한 후 고소인 조사를 받고 피고소인 1차 조사를 받은 상태에서 무죄 쪽(범죄 혐의없음)으로 방향을 잡고 있었다. "약자 편에 서서 관심을 갖고 수사하여 억울함이 없도록 하라"고 특별 지시를 내렸음에도 나이 많은 베테랑 수사관은 의사가 변명하는 대로 조서에 모두 기재를 해주고 있었다.

나는 젊은 나이에 화를 벌컥 내고, 다른 수사관으로 하여금 "피고소인에게 언제 어디에서 어떻게 조사를 받았는지 확인해 보라"고 특별 지시를 내렸다. 그랬더니 "담당 형사가 산부인과 병원까지 찾아가서 볼펜으로 기재하면서 피고소인 조사를 하였다"는 보고를 하였다.

나는 담당 형사를 내 방으로 오도록 한 후 지적하였다.
"여기 피의자 신문조서에 '○○경찰서 수사과에서 다음과 같이 임의로 문답하다'라고 기재하였지요?" "실제로는 경찰서에 온 적이 없고 당신이 병원까지 출장을 나가서 조서를 작성하였지요?" "그러면 '허위 공문서 작성죄'가 되는 것은 알고 있나요?" 하고 따져 물었더니 "잘못했습니다"만 반복하였다.

"왜 피의자에게 밀착하여 편의를 봐주고, 추궁하여 진실을 캐내기는커녕 피의자의 변명만 조서에 나열하고 있느냐?" "수사관 자질이 없으니 당장 다른 부서로 전출하라"고 호통을 하였다. 즉시 담당 수사관을 똑똑하고 지혜로운 형사로 교체하고 며칠 후 문제의 형사를 파출소 근무로 내쫓아버렸다. 그랬더니 새로 투입한 수사관은 전혀 다른 각도에서 수사를 개시하였고 매일 같이 내 방으로 들어와서 1일 보고를 하였다.

조사 시 질문사항도 내가 직접 지시하고 메모하여 수사에 반영하도록 하였다. "임신 12주면 태아가 산모에 고착 상태가 되어서 통상 중절수술이 불가하다는데 어떤 이유로 수술을 하게 되었나요?" "고소인 부부가 '다른 병원이 모두 거절하였다'는 이야기도 하였다는데 사실인가요?" "수술 후 과다출혈이 발생하였는데 사전에 '혈액 응고 여부 검사'를 왜 실시하지 않았나요?" "응급차량도 대기시키지 않고, 119차량도 부르지 않은 채 일반택시로 서울대 병원으로 후송하게 된 이유는 무엇인가요?" 등등을 캐묻도록 하였다.

피고소인인 의사를 소환하여 3시간여 동안 조사를 한 다음 수사과장인 나한테 보고를 하였다. 내가 "그래도 의사 선생님이신데 내 방으로 모셔오라"로 하였다. 소파에 마주 앉아서 내가 "선생님이 수술하시다가 후유증이 발생한 것인데 사글세 살고 있는 젊은 신혼부부이고 산모가 사경을 헤메고 있는데 서울대병원 치료비 정도는 보상해 주고 합의하시는 것은 어떨까요?" 하니까 "나는 의사를 물고 늘어지는 사람한테는 대법원까지 가더라도 한 푼도 줄 수 없다. 내 잘못은 없다. 끝까지 가겠다"고 하였다. "지금 말씀하신 내용을 조서에 기재해도 될까요?" 하니까 "그대로 기재하라"고 당차게 대꾸하였다.

조서에 그대로 기재하도록 지시한 후 서명을 받고 귀가시켰다. "의료과실"은 전문 분야이어서 이를 입증하기가 어려운 게 사실이다. 그래서 어쩔 수 없이 인근에 있는 서울적십자병원과 대한의사협회 등에 공문을 보내어 사실조회를 하였다.

○ 사실조회의 내용은 다음과 같았다.
1. 혈액 응고 검사는 수술 전에 반드시 하여야 하는지?
2, 어떤 방법으로 하는 것인지?
3. 만약 수술 전에 혈액 응고 검사를 하지 아니한 채 수술을 하여 수술 후 혈액 응고 장애로 과다출혈 발생 등 사고 시 담당 의사에게 '과실'이 있다고 볼 수 있는가?
4. 혈액응고제를 비치하지 않았을 경우 의사의 과실로 볼 수 있는가?

○ 답변은 다음과 같았다.
1. 수술 전 혈액 응고 검사는 하도록 지침이 되어 있다.
2. 혈액을 뽑은 다음 유리 위에 한 방울 떨어뜨리고 1분 정도 관찰하여 응고 여부를 확인한다.
3, 4. 의사에게 '과실'이 있다고 단정하기는 어렵다.

그 밖의 병원 몇 군데에도 사실조회를 한 다음 담당 의사를 소환하여 경찰서에 대기시킨 후 구속영장을 청구하였다.

구속영장은 기각되었으나, 그 사유는
① 의사로서 수술 중 발생한 과실범인 점
② 피해자와 합의할 시간을 줄 필요성이 있는 점 등을 고
　려하여 불구속 상태로 수사를 하라는 것이었다.
검찰에 불구속 송치하였고 기소되어 재판을 계속하여 받
았다.

그 후 나는 다른 경찰서로 전보발령 되어 일하고 있었는데
어느 날 어떤 남자가 사무실로 찾아왔다. 자세히 보니 내가
대신 형사 고소장을 써준 신혼인 남편이었다.
"과장님께서 발 벗고 나서서 적극적으로 도와주신 덕분에
담당 의사에게 징역 1년에 집행유예 2년이 선고되었어요"

"그러면 집행유예 기간 중에는 병원 영업을 못 할텐데…" 하
니까 "제 사건이 특이한 케이스라서 SBS '그것이 알고 싶다' 프
로에 방영되었어요. 의사가 합의해 달라고 통사정하는데 얼마
를 받아야 할까요?" 한다.
나는 "2년간 병원 문 닫으면 손실이 엄청날 테니까 서울대
병원 치료비 이외에 추가로 3000만 원을 요구하라"고 일러
주었다.

그 며칠 후 합의금 잘 받았다면서 선물 하나를 가지고 왔다.

"제 누나가 동대문에서 강아지 매장을 하는데 예쁜 애로 하나 골라 왔어요" 하면서 내밀었다. 태어난 지 1개월 된 흰색 푸들이었다. 사무실 한쪽에 두었다가 퇴근할 때 집으로 데리고가니 아이들 셋이서 안아보고 만져보고 난리가 났다. 초등학생인 아이들이 강아지 이름을 '반창고'라고 지었다. "반창고" 하고 부르면 달려와서 딱 달라붙는다.

지금도 털이 곱슬곱슬한 '푸들' 강아지를 볼 때면 그 신혼 부부가 생각이 난다.

※ 그 밖에도 설인종 사망사건(연세대 프락치 의심사건), 명노열 사망사건(이춘재의 살인사건) 등을 직접 맡아서 처리하였다.

필자가 목공으로 제작해 본 '티 테이블'과 '음식 나르는 탁자'(바퀴를 달고 손잡이를 만들어 이동이 편리하도록 하였다)

내가 쓴 책이 베스트셀러가 되다

청평호와 가평대교

군 복무 시절에는 야간에 광주 '무등고시학원'에서 '헌법'과 '형법'을 강의하고, 전역과 동시에 해양수산부에 복직한 이후로는 야간에 서울 '행정고시학원'에서 '행정법' 강의를 하였는데 당시 "핵심 행정법"이란 교과서를 직접 저술하여 소위 '저자 직강'으로 인기를 많이 누렸다.

그 후 사법연수원 2년을 수료하고 경찰에 투신한 후 순경 공채와 내부 승진시험의 '출제위원'을 여러 차례 하면서 기존 교과서가 옛날 이론에 머물고 있는 부분이 많음을 알고 내가 직접 책을 써 보기로 하였다.

낮에는 일하고 주로 밤에 집필하였다. 1년여의 산고 끝에 먼저 『총정리 형법』을 출간하였다. 사법연수원 공부 과정에서 꼼꼼하게 파악하게 된 '대법원 판례'를 곳곳에 소개하면서 요점정리 위주로 책을 썼는데 선풍적인 인기가 있었다. 주변의 권유로 『알기 쉬운 형사소송법』을 추가로 출간하였다.

이렇게 탄생한 쌍둥이 책 2권은 경찰 승진시험은 물론 법원·검찰·교정직 등의 승진시험에서 필수과목(형법·형사소송법)이어서 전국적으로 엄청나게 팔려나갔다.

당시 권당 인세가 연간 3,000만 원 이상일 경우 '공직자 재산 등록'을 하게 되어있었다. 형법·형소법 모두 공직자 재산 등록을 하였을 정도였다. 그 무렵 가족들하고 교보문고 등 대형서점을 가 보면 내가 저술한 빨간 바탕색 표지의 형법과 형소법 책이 수백 권씩 진열되어 있었다. 그때 법과대학 교수들이 저술한 책들도 10~20여 권 진열되어 있는 정도였다.

이를 보고 "아빠가 쓴 책은 왜 이렇게 많이 있어?"라고 묻는 아이들에게도 뿌듯하였다. 속으로 '잘 팔리니까 많이 가져다 놓았겠지?' 하였다.

그때 출판사가 "고시 연구사"였는데 처음에 인세로 10%를 계약했는데 잘 팔리니까 12%, 13%, 15%까지 인상하여 주었다. 그러면서도 "책이 잘 팔려서 저희 출판사에도 영업이익이 높습니다"라고 감사의 표시를 해 왔다. 서울은 물론이고 지방 어디에서나 경찰관을 만나게 되면 나를 알아보았다. "어! 혹시 형법 책 쓰신 분 아닌가요?"

나 역시 수험공부 시절에 어떤 책을 볼 때마다 '저자'의 모습이 늘 궁금한 터여서 내 책에는 맨 뒤에 저자의 프로필 위에다가 잘 찍은 사진 하나를 인쇄하도록 하였다. 그러니 내 책을 보면서 승진시험이나 공채시험 공부를 한 사람은 내 얼굴을 알아볼 수밖에….

　얼마 전에도 서울○○ 경찰서에 조사입회를 간 적이 있는데 현관에서 안내하는 직원이 나를 알아보았다. "변호사님이 쓰신 형법 책으로 공부하여 승진했어요!" 한다.

행정고시 합격 후 행정연수원 수료식(뒷줄 우측이 필자)
'내 일생 조국과 민족을 위하여'의 글이 큰 돌에 새겨져 있다

필자가 출간한 '형사소송법' 책에
관한 신문 보도(중앙일보)

3,000여 명의 대규모 집회

청평호반과 물놀이

내가 서울 ○○경찰서에 근무하고 있을 때인 어느 해 5월 ○○건설기계협회가 국회 앞 여의도 광장에 3000명 집회신고를 접수하였다. 집회 목적은 '건설기계 등 중기의 경우에도 일률적으로 도로교통법을 적용하여 단속하겠다'는 정부의 '도로교통법 개정안' 통과를 저지시키겠다는 것이었다. 나는 집회 신고자 대표를 만나서 대화를 시도하였다.

문제는 전국에서 사람만 3000명 참석하는 것이 아니고 포크레인, 지게차, 콘크리트 펌프카, 대형 크레인, 페이루다 등 각종 중기 500여 대를 동원하여 국회 앞에 세워놓고 과시를 하면서 집회 시위를 하겠다는 것이어서 큰 불상사를 예고하는 상황이었다.

나는 "도심 교통마비와 위험 발생 우려 등이 있어서 중기 차량의 진입은 절대 불가하다"고 통보하였다. 그래도 강행하겠다면 '집회 불허 처분'을 내릴 수밖에 없다. 그러면 법원에 취소소송을 제기하여 승소하여야 하는데 그럴 경우 이미 공고한 제날짜에 집회를 개최할 수 없게 된다고 설명해 주었다.

그리고 집회 목적이 법 개정을 반대하는 중기 단체의 의사를 표현하는 것이니까 내가 나서서 미리 언론에 보도자료를 배포하고 도움을 요청할 테니 '중기 동원만큼은 철회해달라'고 대표자인 전국 회장을 설득하였다.

그러나 그는 키가 190cm정도 되는 거구의 40대 초반 사나이였는데 막무가내였다. 대화 도중 말투가 나와 비슷한 충청도 사투리가 있어서 고향을 물어보니 '충북 진천'이라고 하였다. 마침 경찰서의 30여 명의 정보관 중에서 진천이 고향인 직원(이인봉 정보관)이 떠올랐다. 급히 무전기로 행선지를 추적하여 사무실로 오도록 하여 3자 대화를 하였다. "진천 어디가 집이냐? 초등학교는? 중학교는? 부모님은?" 등등을 물으니 이웃마을 후배이고 학교도 같은 학교를 나온 것이 확인되었다.

서로 반갑다고 악수를 하고 "경찰에서 당신들의 집회 목적을 달성하도록 적극 도와주고 중앙일간지와 TV 등에 모두 보도되도록 알선해 주겠다"고 하고는 그를 데리고, 마침 우리 경찰서 1층에 있던 당시 13개 일간지 및 방송사 기자실로 함께 갔다.

여러 기자들을 모아놓고 내가 직접 '집회 목적'을 설명하고 '신문과 방송에 상세하게 보도하여 달라'고 부탁을 하였다. 그랬더니 경찰의 진지한 태도를 인식하였는지 집회신고서에서 중기 동원 부분을 삭제하고 다시 제출하였다.

2주쯤 후 평일 오후 1시 실제 집회 시간이 다가왔다. 전국에서 거의 모든 중기 운전자가 조직적으로 참가하였다. 3000명이 훨씬 넘는 인원이 국회 앞 여의도 광장에 집결하였다.

그런데 이게 웬일인가? 동원하지 않기로 약속한 대형 중기 30여 대가 들어오는 게 아닌가? 회장에게 연락하여 어찌 된 영문인지 따져 물었다. 동원 안 하려고 했으나 전국 중기 협회의 대규모 집회인데 상징적으로 시위 현장 앞에 중기 30여 대는 세워 놓아야만 소위 '사진빨'도 잘 받고 언론보도가 크게 될 수 있어서 부득이 동원하였다는 것이다.

서울경찰청에 보고를 하니 "위험하니 중기만큼은 원격 차단하여 집회 장소에 아예 들어오지 못하도록 하라"는 무전 지시가 떨어졌다. 나는 판단을 이렇게 하기로 하였다. 상부에서는 현장을 보지도 않고 혹시라도 인명피해가 발생할까 우려되니까 그 책임을 면하려고 '대형 중기 일체 반입금지'를 명령하는 것이고, 나는 현장을 직접 보고 있으며 집회신고의 대표자와 의사소통이 되고 있지 않은가?

내가 최종 판단하여 불상사만 없으면 될 일이라고 판단하였다. 무전으로 상부에 직접 보고하였다.

"국회 앞 여의도는 4면에서 차량 진입이 모두 가능한 상태이고 3000명이 넘는 다수 군중이 이미 집결해 있고 교통경찰이나 기동대 경찰이 사전에 막을 사이도 없이 이미 중기 30여 대가 집회 단상 앞에 집결해 있다. 강제로 퇴거시키려고 물리력을 동원하면 상호 간 몸싸움으로 오히려 안전사고가 우려되는 상황이다" 그랬더니 "불상사 없는 범위에서 가능하면 중기차량의 진입을 막고 이미 결집되어 있는 대형중기는 해산 시 안전사고가 발생되지 않도록 시차를 두고 출발을 시키라"는 지시가 내려왔다.

그런데 잠시 후 더 큰 일이 벌어졌다.

집회 단상 좌우에 1개씩 대형 크레인을 배치하고 그 붐대에 현수막을 길게 제작하여 달아매고 붐대를 최대한 높이 올리고 있는 것이 보였다. 양쪽 모두 100미터 정도 높이로 수직으로 어마어마하게 큰 현수막('중기업자 생존권 위협하는 도교법 개악을 중단하라' 등)을 걸어 올렸다. 사진 기자들이 특이한 모습이니까 사진 찍느라고 난리 법석이다.

이미 TV에 화면에는 그 모습이 방송된 모양이었다. 상부에서 질책이 떨어졌다. "위험하니까 현수막을 철거하라" "대형 크레인을 움직이지 못하게 경찰력으로 봉쇄하라"는 지시가 떨어졌다.

그 지시대로 실행하였다가는 불상사가 발생할 것은 뻔히 예측이 되었다. 집회의 상징인 현수막을 찢어서 철거하다가는 이를 본 성난 군중과 크게 충돌하여 부상자가 속출할 것이 뻔하였다. 내가 꾀를 내어 상부에 보고를 하였다. "집회 주최 측 간부들과 대화를 하고 있다. 설득하여 대형 크레인 등 중기의 '시동키'를 회수 받아 경찰이 보관하였다가 집회 끝난 후 반환하기로 하였다."

"그거 좋은 방법인 것 같으니 그렇게 하여 안전사고가 발생치 않도록 하라"는 답전이 내려왔다. 대규모 인원 집회인데다가 좌우 100미터 높이의 구호 현수막과 주변에 30여 대의 각종 중기들을 나열하니 소위 폼 나고 사진빨이 먹히는 전국규모의 집회가 성공적으로 개최되는 순간이었으며, 중앙 일간지와 방송에 특종기사로 우선적으로 보도되었다.

이제 문제는 해산 과정이었다. "당장 중기 시동키를 내놓으라"고 난리가 났다. "지금 즉시 출발하여도 지방까지 내려가면 밤이 된다"는 것이었다.

나는 "절대 Key를 미리 주지 마라. 3000명 군중이 모두 해산한 다음에 지급하라"고 지시하였다. 집회신고서에는 행진이 없었지만 국회 앞에서 영등포역까지 걸어서 시가 행진을 그대로 강행하였다. 이것도 상부 지시대로 경찰력으로 막았다가는 큰 불상사가 생길 판이었다.(그럴 경우 지시를 내린 상급청은 빠져나가고, 현장에 임한 지휘관에게 모든 책임이 따른다)

나는 행진을 묵인하기로 하였다. 오히려 편도 4차로 중 2개 차로를 내주기로 하였다.

대규모 군중이기 때문에 정체됨이 없이 물 흐르듯이 신속하게 전진시키는 것이 중요하다고 판단하였다. 수백여 개의 깃발을 든 채 언론의 취재를 받으며 차로 2개를 점거하면서 신이 나서 즐거운 표정으로 집회참가자들이 행진하고 있었다. 3km 정도를 행진하여 영등포역 광장에 집결하였다.

거기서도 집회 신고에도 없는 '정리 집회'를 하겠다고 한다. 이것도 그냥 묵인하기로 하였다. 상부에는 "인도를 따라 해산 도중 군중 과다로 인하여 자연스럽게 차도 일부가 점거되었으나 불상사 없이 신속하게 영등포역 광장으로 이동하였고 잠시 정리 집회 후 삼삼오오 각자 행선지를 향하여 출발하였다"고 보고를 하였다.(다음날 "대규모 집회를 아무런 사고 없이 종료시켰다."며 상급 기관으로부터 칭찬을 받았다)

그러니까 대규모 집회에서는 개개의 법률에의 저촉 여부를 너무 따질 것이 아니고 현장 지휘관이 총체적으로 모든 상황을 고려하여 슬기롭게 판단하여 다중인원을 가능하면

신속하게 사고 없이 해산하도록 조치하는 것이 가장 중요하다는 것을 깨달았다.

당시 나와 대화를 많이 했던 전국 회장이 '별이 다섯 개'라고 광고하고 있는 '○○ 돌침대 회사'의 최○○ 회장이다. 그때 친하게 되어, 내가 공직을 마치고 서울 ○○구에서 정치에 출마하였을 때 선거 운동 기간(약 1개월) 내내 매일같이 찾아와서 선거구 전체를 발로 뛰면서 내 선거 운동을 적극 도와주었다.

전국적인 대규모 집회를 성공적으로 해낸 추진력 덕분인지 사업도 크게 번창하여 큰 기업가가 되었다. ○○ 돌침대의 무궁한 발전과 최○○ 회장님의 건강과 행복을 기원한다.

※ 대규모 집회로 반대 의사표시를 한 것이 언론에 크게 보도된 이후 포크레인 등 건설중기에 대한 도로교통법 적용은 보류되었다.

목공으로 제작해 본 원탁과 4각 테이블(가운데 구멍은 그늘지도록 양산을 꽂는 곳이다)

어느 웅변대회에서 있었던 일

청평호반, 가운데 높은 산이
'장락산'(높이 627m)이다

경기경찰청에 근무하고 있을 때 공공 단체에서 주관하는 경기도 전체 반공 웅변대회가 있었는데 내가 심사위원장(반공을 주제로 한 웅변대회라서 경찰 간부가 심사위원장을 맡게 되었다)을 맡게 되었고 심사위원 4명이 함께 단상에 앉아 평가를 하였다. 경기도 전체에서 예선을 거쳐 20여 명이 최종 출전을 하였다.

수원시민회관에서 웅변대회를 하였는데 35세 정도 된 남성인데 목소리도 좋고 제스처도 잘하고 원고 내용도 괜찮았다. 나는 '평가 점수'란에 '95'점을 기재하였다. 얼마 후 나이 어린 여성 웅변자가 웅변을 하였는데 다소 떨리는 음성이었으나 참신하고 호소력이 있었다. 앞서 95점을 준 사람보다 10점을 더 주고 싶었으나 95점을 90점으로 변경하기도 그렇고 하여 최고 점수인 100점을 주었다. 그런데 문제가 생겼다.

웅변이 종료되고 심사위원 전원이 별실에 모여 최종 성적을 집계하였는데 심사위원 5명 평균 점수 동점자 2명이 전체 1등이었다. 최종 1명만을 선발하여 '대상'을 수여하고 경기도 대표로 전국 웅변대회에 참가할 자격이 주어지는 대회였다. 다른 심사위원들이 나를 가리키면서 "100점을 준 것은 너무 한 것 아닙니까? 웅변이 완벽할 수는 없는 것이니까 99점으로 정정평가 해 주십시오"라고 한결같은 목소리로 항의를 하였다. 나는 "한 번 매긴 점수를 다시 깎는 일은 절대로 안 됩니다. 만약 동점자 중 1명의 평가 점수를 다시 하향 조정하여 1등을 결정한 것이 외부에 알려져서 소송이라도 제기하는 날에는 1등 결정이 무효가 되고 웅변대회를 다시 열어야 될 뿐 아니라 경기도가 큰 망신을 당하는 겁니다"라고 항변하였다.

"그럼 어떻게 하자는 겁니까?" 하기에 내가 "동점자 처리 규정이 있을 것 아닙니까?" 했더니 '아무런 규정이 없다'는 답변이었다. 내가 "대학은 동점자일 경우 ① 연소자 우선 ② 국어성적 우수자 ③ 수학 성적 우수자 ④ 영어성적 우수자 ⑤ 학교 근거리 거주자 우선 등으로 동점자 처리 규정이 미리 마련되어 있다"고 소개를 하고 "웅변의 경우도 동점을 획득한 경우 나이 어린 사람을 우선하여야 한다"고 강력히 주장하였다. 그리고 "채점은 심사위원의 고유권한으로서 0점부터 100점까지 줄 수 있는 것이며 100점을 주었다고 하여 위

법·부당할 것이 전혀 없는 '재량행위'에 해당한다"라고 강변
하였더니 아무런 말도 하지 못하였다.

"오늘 '경기도 대표'를 뽑아서 전국 본선에 내보내는 것인
데 35세 웅변학원장보다는 중학교 3학년인 어린 소녀가 참
신하고 호소력이 더 있고 앞으로 발전 가능성이 있으니 이런
학생을 최종 선발함으로써 모든 웅변인들에게 꿈도 심어줄
수 있고 박수를 받을 일입니다"라고 나도 웅변하듯이 호소하
였다.

내가 또 나서서 "그럼 심사위원 회의록에 위와 같은 주장
의 요지를 기록하세요. 그리고 이 자리에서 '동점자는 연소자
우선으로 결정한다'고 의결한 것으로 기재를 하고 5명 심사
위원의 서명을 받으세요" 하였다.

잠시 후 대회장으로 복귀하여 장려상, 동상, 은상, 금상을
발표하고 명예의 대상을 받는 경기도 대표자로서 평택여중 3
학년 김○○ 양을 최종 발표하였다.

최우수상을 받은 후 어머니와 함께 눈물을 글썽이며 감격
해하던 모녀의 모습이 지금도 눈에 선하다. 그 아가씨가 혹
시 이 글을 보면 당시를 회상하면서 연락이라도 하지 않을
까? 지금 생각해도 '연소자'를 우선하여 1등으로 결정하도록
설득하여 관철시킨 것은 잘한 일이다.

마당 '반송' 앞에 핀 모란꽃

Chapter 11

자작시

-자연을 보면서 틈틈이 시상이 떠오를 때 써 두었던 시 몇 수를 모아 보았다-

5월의 꽃들과 벌, 나비

마당에 핀 '유럽수국꽃'

겪어 보니
5월이 가장 좋은 듯하다.
모든 나무가 짙푸른 색깔을 과시하고
꽃들이 차례로 예쁨을 뽐낸다

주변 길에는
이팝나무가 온통 소금을 뒤집어 쓴 듯
하얀 단장을 하고
이 산 저 산에는 아카시아 꽃이
포도송이처럼 매달려
진한 향기로 내 코를 찌른다

분홍빛 복숭아 꽃
울타리를 따라 탐스러운 얼굴을 내밀고 있는

동글동글한 달님 같은 수국들

5월은 역시 계절의 여왕이다
그런데 벌과 나비들이 적어 보인다
농약 과다 살포 때문이리라
꽃이 피는 나무들을 좀더 심어야겠다
꽃 안에 들어있는 꿀은 벌과 나비를
모여들도록 하는 식량이니까

마당의 철쭉과 진달래

필자가 나무를 사다가 직접 만들어 본
마당 우물 울타리에 핀 개나리꽃

그리고
마당 한쪽 돌확에
물을 가득 담아 두어야겠다
벌과 나비들도 쉬어가며
물을 마실 수 있게 해야겠다.

그러면
내년에는
벌과 나비들이
새롭게 피어난 꽃들을 찾아서
그리고 물도 마실 겸 하여
더 많이 찾아오겠지

필자가 대충 만든 출입문(우측에 흰 꽃이 핀 '매실'나무가 보인다)

자연인으로 산다는 것은

울타리에 핀 찔레꽃

마당엔 예쁜 잔디
울타리엔 몽실몽실 수국 꽃들

복숭아, 배, 자두, 보리수, 산수유
저마다 다른 색깔의
꽃을 피운다

자그만 텃밭에는
고추, 상추, 참외, 수박,
호박, 오이, 방울토마토,
찰 토마토, 부추, 여의주
등 내가 심은 아이들이
가녀린 몸을 간신히 지탱하고 서 있다.

자연 속에 묻혀 산다는 것은
자유요, 기쁨이요, 감동이다
외로움도 섞여 있긴 하지만
그래도 여기가 좋다.

※ 경기 가평군 설악의 산중턱에 이동식 황토방을 가져다
놓고 주변에 보이는 풍경과 느낌을 적어 보았다.

한강에서 윈드서핑에 몸을 싣고

필자가 출간한 산문집

가을 그리고 겨울

마당의 '아기 단풍'나무

노오란 은행잎,
빠알간 단풍잎

휘이익 부는 찬 바람에
어느덧 떨어져
바닥에 눕는다

가을 냄새가 구수하였는데
비 내리는 오늘, 겨울 냄새가 달다

이 비 흩어지고 나면
하얀 눈도 내리리라

달콤한 겨울을 지나면

따스한 봄 향기를
또다시 맡을 수 있으리라

살아온 날들과
남아있는 날들을 가늠해보며
세월의 무상함을 느낀다

오늘 하루도
선물이라 생각하며 살아야겠다.

이름 모를 '나비'와 '영산홍' 철쭉꽃

봄 봄

울타리에서 몽실몽실 피어나는 '수국'꽃들

꽃들이 제일 먼저 봄을 알린다

낮 동안 파고드는
포근한 햇볕을 안고
개나리가 노오란 꽃잎을 피운다

양지바른 뜰에는
하얀 목련이 고개를 내민다

만물이 생동하는
봄을 만날 때면
꿈을 쫓던 내 젊은 시절이 그리워진다.

새싹이 돌아나고

꽃이 피는
이 봄을
몇 번이나 더 볼 수 있을까?
아껴서 봄을 음미해야겠다.

어느 골프장에서 Tee shot 전, 후

웃는 얼굴

'생맥주' 한잔 들이키며 환하게

하 하 호 호
웃는 얼굴
좋다

웃는 입모습,
하얗게 드러나는 치아
다 좋다

처음 보는 사람도
환하게 웃으면
친근감이 간다

매일 보는 사람도
웃지 않으면

어색하다

웃음은 신이 인간에게만 준 특권이다
강아지, 고양이도 웃지는 못한다.
오로지 사람만이 환하게 웃을 수 있다
신이 내린 소중한 선물
오늘 부터는
더 많이 웃어야겠다
웃을 때 좋은 일도 생기리라

청평호에서 배를 몰면서…

호주 '케언즈'에서 외국인 Diver들과
'Liveaboard Diving Boat'를 타고 이동중에

세월은 흘러가는데

강원도 어느 스키장에서

그 누구도
세월 앞에는 당할수 없네

어느새
나이 들어 보이고
얼굴엔 잔주름 생겼네

어제 청춘이었는데
오늘 백발이로구나

구름같이 흘러가는 인생
강물처럼 빨리 가는 세월
그 누가 붙잡을 것인가?

자작시

지금까지 살아온 날들을
생각해 본다
최선을 다했는가?
다른 사람을 기쁘게 하였는가?

오늘도
최선을 다하고
누군가를 즐겁게 해주어야겠다.

정치에 뛰어든 시절 등산모임에서(우측에 모자 쓰고 있는 이가 필자)

그리움

보고 싶은 얼굴
보름달 같은데

청평호에서 물살을 가르며 '윈스키 슬라럼(Slalom)'을

보고 싶은 마음
하늘 같으니

눈을 감아 본다

생각 속에 아름다움
넘쳐난다

오늘도
보고싶고 그리운 많은 사람들을
새겨 본다

밥보다 술

술이 최우선이네…

나는 항상 술이 먼저다
외국에 나가서도 'Beer First' 하면 술이 먼저 나온다

물보다 먼저요 밥보다는 한참 우선이다
술부터 한 잔, 두 잔, 석 잔 정도 들이킨 다음
그제서야 안주 몇 점을 살펴본다.

처음 몇 잔 술이
목줄기를 적시면
내 안에 숨어있던 인생의 슬픔이 모두 없어지고
그다음 몇 잔 술이
심장을 뜨겁게 하면
용기백배하여 목소리조차 우렁차진다.

또다시 몇 잔 술이
귀를 어둡게 하니
앞 사람 말도 듣지 않고
내 말만 쏟아내는구나

산해진미도 좋지만,
최고의 안주는 마주 앉은 사람의 얼굴이다.
마주 보고 한잔
한마디 하면서 한잔
이래저래 취하는구나

뒤늦게 나오는 밥은
먹지도 않고 일어선다
술로 배가 꽉 차서일까?

아닐세
밥을 먹으면 배가 불러서
이 좋은 술을 더는 못 마실까봐
걱정이 되어서일세

술맛을 모르면
인생 맛도 그만큼 모르는 것이리라

당신은 어떠한가요?

술맛과 인생 맛을 모두 아시나요?

어느 골프장에서 아들과 운동(부·자 모두 74타로 동타)

좋은 사람들 초대하여 '밤새 실컷 마셔 보자'는 뜻으로 새겨 본 글씨

후회 없는 오늘

마당의 보라색 '붓꽃'

돌아보니
즐겁기만 한 것은 아니었으나,
후회는 없다

그래도 행복한 때가 많았으니
내일 죽어도 괜찮다는 마음의 결재를 해두자

화내고 울어도 세월은 간다
어차피 지나가는 인생
웃으며 사는 게 최고이다

보름달 아래 연못같이
환하게 웃어보자

죽을 때 후회할 것 같은 모든 일을
지금 시작해야겠다

오늘 하루도
소중히 여기고
행복의 시간표를 짠다.

강화 석모도 처음 간 골프장에서 가족들과 함께 운동(필자 74타,
아들 78타, 첫홀파5에서 4 ON 1 putting으로 PAR를 기록하였는데
캐디가 Borgey로 잘못 적었다. 귀가 후 전화를 하였더니 수정하
며 73타로 다시 보내왔다)

수정하여 보내온 스코어카드

집 앞에 보이는 나무와 꽃과 구름과 하늘

정원을 가꾸면서 풀과 꽃들, 나무들로부터 생명감·아름다움·든든함을 배우고, 나무에 좋은 글귀도 새기고, 목공일로 크고 작은 소품을 만들면서 몰입의 경지를 체험하였다.

웃는 얼굴, 밝은 표정으로 '향기 나는 사람'이 되고자 노력해본다.

이제 나이 들어 가면서 그 특권은 '자유'인데 그 속에 '외로움'이 스며드는 것을 느낀다. '자유'와 '외로움'을 합하니 '자유로움'이 아니겠는가?

어린 시절 입이 휙 돌아가 버려서 초등학교 2학년 한 학기만 다니고 중퇴한 내 손을 잡고 멀리멀리 명의를 찾아 나서서 입을 고쳐 주신 어머님, 할머니 회갑 잔치날 멋진 음성으로 '밀양 아리랑'을 부르시던 아버님을 그리워하는 글을 써보았다.

사람은 누구나 이세상에 왔다가 저세상으로 가는 것이니까 하루 하루를 성실하게 살아야 할 것 같고, '사후에는 화장을 하여 집안 소나무 밑에 안치하면 좋겠다'는 표현도 이 책을 통하여 미리 하였다.

　공직에 있으면서 보람되었던 일, 변호사로 일하면서 기억에 남아있는 사건들을 몇 가지 추려 보았다.
　자연을 접하면서 느낀 소감도 자작시로 몇 수 적어 보았다.

　부족한 점이 많겠지만 이 책에 실린 이런저런 글과 사진들이 읽는 분들께 조그마한 감동이라도 되길 기원하는 바이다.

- 사법연수원 수료식 때(우측 필자는 경찰서 과장으로, 좌측 친구 방희선은 판사로 임관하였고 지금도 친하게 지내고 있다)
- 판사, 검사는 독방을 사용하지 않았으나, 경찰서 수사과장은 침실까지 붙어있는 '별도방'이 있고 부하직원이 50여 명이나 되고 운전기사(의경)가 딸린 관용차를 지급받았다. 겉으로는 화려하였으나, 새벽부터 출근하여 밤늦게까지 일을 하여야 했고(5일마다 24시간 숙직근무였고 그 사이에도 집에 못 들어가는 날이 많았음) 여름휴가 3일 외에는 토·일요일은 물론 명절날도 출근을 하였다.

어느 자유인의 자연 감상문

이건선

※ 저자와 고교동창으로 대학 졸업 후 '계룡건설'에서 임원으로 일하였고 지금은 동승전기
(주) 대표이사로서 큰 사업을 하고 있다

저자는 내 고교 동창으로 전교 1등을 하고 서울대 들어가
더니 행시를 패스하고, 보통은 절에 가서 몇 년을 파도 떨어
진다는 사법고시를 군대에 가서 합격한 괴짜 천재, 그 후 경
찰에 투신하여 총경에 올랐으나, 과감히 사직하여 매스컴을
타더니 여당공천을 받아 정치에 진출하였는데 그의 후원회
행사 때 어느 유력 대선 후보가 저자를 "산소 같은 정치인"이
라고 칭찬한 말이 생각난다.

"한 번 더 도전하여 정계에 입문하였으면 탁월한 '통찰력'과
'균형감각'으로 큰 인물이 되었을 텐데"하는 아쉬움이 많다.

인생무상과 죽음의 철학까지 논하는 이 책은 평소 만날 때
마다 애국심이 넘쳐나 나라 걱정을 하는 저자의 생각이 여러

글 속에 녹아들어 있다.

의협심과 정의감이 강한 저자가 선과 악의 편을 왔다 갔다
하는 변호사로서 보람도 있겠지만 때로는 적성에 맞지 않을
때도 있었을 것 같다.

정치에서 쓴 맛을 본 후 '자유인'으로 돌아가 시골 황토방
에서 기거하며 꽃과 나무, 채소를 가꾸고 인생 고백이 담긴
수필집까지 발간하였으니 그 탐구와 도전 정신이 대단한 친
구이다.

독자 여러분께서도 이 책을 읽으면서 저자의 추진력과 인
생 철학을 음미해 보시길 바라는 바이다.

열정과 정의를 추구한
한 법조인의 담백한 인생 탐구

권선복
도서출판 행복에너지 대표이사

'메멘토 모리(Memento Mori)'라는 말이 있습니다. '죽는다는 것을 기억하라'라는 뜻의 이 격언은 '사람은 누구나 죽을 수밖에 없다'는 사실을 명심하고, 현재의 삶에 더욱 충실해야 함을 강조하는 말입니다. '인간은 누구나 떠날 수밖에 없음을 깨닫고 이를 준비하는 과정 속에서 자신의 삶을 돌아보면, 더욱 충실하면서도 행복한 삶을 살아갈 수 있다'고 저자는 말합니다.

이 책 『당신은 꼰대인가 멘토인가』는 해양수산부 사무관, 경찰 총경, 대통령실 법무비서관, 국가정보원장 특별보좌관 등을 역임한 후 현재는 '법률사무소 아크로'의 대표변호사로서 활동하고 있는 박영목 변호사의 삶과 죽음을 아우르는 생활 에세이입니다.

행정공무원, 경찰공무원, 정치인, 변호사 등 다양한 직업을 경험한 바 있는 저자의 글은 그의 삶처럼 에너지가 넘치는 모습을 보여주고 있습니다.

변호사라는 직업을 통해 군대 부조리의 피해자, 6.25 참전 유공자 등 다양한 사연을 가진 약자들을 돕고, 직업 외적으로는 등산, 수영, 스키, 골프, 스노보드, 패러글라이딩, 윈드써핑 등을 나이에 개의치 않고 즐긴다는 저자의 에너지는 독자들에게 강렬한 인상을 전달할 뿐 아니라 은퇴 이후 어떤 마음가짐으로 삶을 살아가야 하는지에 대해 멘토가 되어 주고 있습니다.

또한 넘치는 에너지와 함께 인생에 대한 진지한 고찰, 특히 누구나 태어난 이상 맞닥뜨릴 수밖에 없는 죽음에 대한 사색으로 '좋은 죽음'을 위해 자연과 함께하고 거추장스러운 욕심을 줄이는 등 담백한 삶의 방식을 제시합니다.

'인생 마지막에 가지고 갈 것은 추억뿐이다'라고 이야기하며 어차피 닥쳐올 죽음과 미리 친해지기 위해 '목관'에서 잠을 자 보기도 하고, 마당에 자신을 수목장할 소나무를 정해두고 그 주변에 여러 가지 꽃을 정성껏 키우고 있다는 저자의 생활 철학은 인생에 대해 많은 것을 생각하게 해 줄 것입니다.

삶과 죽음에 대한 독특한 성찰을 보여주는 에세이 『당신은 꼰대인가 멘토인가』가 독자 여러분들의 가슴에 시원하면서도 담백한 샘물 같은 존재가 되기를 희망합니다!

'행복에너지'의 해피 대한민국 프로젝트!

〈모교 책 보내기 운동〉〈군부대 책 보내기 운동〉

한 권의 책은 한 사람의 인생을 바꾸는 힘을 가지고 있습니다. 한 사람의 인생이 바뀌면 한 나라의 국운이 바뀝니다. 그럼에도 불구하고 많은 학교의 도서관이 가난하며 나라를 지키는 군인들은 사회와 단절되어 자기계발을 하기 어렵습니다. 저희 행복에너지에서는 베스트셀러와 각종 기관에서 우수도서로 선정된 도서를 중심으로 〈모교 책 보내기 운동〉과 〈군부대 책 보내기 운동〉을 펼치고 있습니다. 책을 제공해 주시면 수요기관에서 감사장과 함께 기부금 영수증을 받을 수 있어 좋은 일에 따르는 적절한 세액 공제의 혜택도 뒤따르게 됩니다. 대한민국의 미래, 젊은이들에게 좋은 책을 보내주십시오. 독자 여러분의 자랑스러운 모교와 군부대에 보내진 한 권의 책은 더 크게 성장할 대한민국의 발판이 될 것입니다.

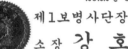